顏 FACE

橫山秀夫 著

王華懋 譯

目錄

（台灣中文版爲日本德間書店正式授權作品）

出版緣起

駭High，在推理的迷宮中

編輯部

推理小說到底有什麼魅惑之力，能夠讓世界上無數的熱愛者爲之癡狂？是鬥智、解謎的樂趣？是抽絲剝繭，終於揭露眞相時豁然開朗的暢快？是驚嘆於陽光之外人性潛伏的深沉危機與社會百態的詭譎複雜？還是感佩於作家佈局的巧思或高超的說故事功力？

好的小說只有一個評斷標準——好不好看（用文言一點的說法是「引人入勝」）。有的小說好看得讓人不忍釋卷，廢寢忘食，非一口氣讀完不可；有的則是讓人捨不得立刻讀完，寧可一個字一個字細細地咀嚼品味。

好的推理小說更是如此。

在台灣，歐美推理和日本推理各擅勝場，各有忠實的讀者群。推理小說是日本大眾文學的兩大顯學之一，也可說是日本大眾文學極致發展最具代表性的成熟類型閱讀，不但各大出版社都闢有「Mystery」系列，培養出眾多匠心獨運、各領風騷，甚或年年高踞納稅排行榜前茅的大師級作者，如松本清張、橫溝正史，赤川次郎、西村京太郎、宮部美幸、東野圭吾、小野不由美等，創作出各種雄奇偉壯、趣味橫生、令人戰慄驚嘆、拍案叫絕、甚或影響深遠的傑作；同時也一代又一代地開發出無數緊緊追隨、不離不棄的忠實讀者。而台灣，在日本知名動漫畫、電視劇及電影的推波助瀾下，也有越來越多人愛上日本推理小說的明快節奏與豐富的情報功能，閱讀日本小說的熱潮儼然成形。

二〇〇四年伊始，商周出版推出「日本推理名家傑作選」系列以饗讀者，自二〇〇六年起，本系列由獨步文化繼續出版，不但引介的作家、選入的作品均爲一時精粹，更堅持以超強的譯者及顧問群陣容，給您最精確流暢、最完整的中文譯本與名家導讀，眞正享受閱讀推理小說的無上樂趣。

如果，您是個不折不扣的推理迷，歡迎進入更豐富多元的日本推理迷宮；如果，您還是推理世界的新手讀者，正好奇地窺伺門內的廣袤世界，就讓「日本推理名家傑作選」引領您推開推理迷宮的大門，一探究竟。從一根毛髮、一個手上的繭、一張紙片，去掀開一個角，去探尋、挖掘、對照、破解，進到一個挑逗您神經與腎上腺素的玄奇瑰麗世界！

代序一

推理小說淺談

賴振南

推理小說是日本大眾文學的兩大顯學之一，也可說是大眾文學極致發展最具代表性的類型。今天我們已對「推理小說」一詞耳熟能詳，但此一文類在歐美的發展僅有約一六〇年的歷史，在日本則僅約一百年的耕耘，然而其成長卻是枝葉繁茂、百花齊放。

推理小說在日本為何造成這般風光盛況，歷久不衰？

在日本，推理小說歸類在「Mystery」的類別，而廣義的「Mystery」，則包含了推理小說、懸疑小說、冷硬派偵探（Hard-boiled）小說、SF（科幻小說）、恐怖（Horror）小說和奇幻（Fantasy）小說等。不可諱言的，日本推理小說受到歐美推理小說精神的餵養和形式的影響。日本推理的發展，最早是從黑岩淚香（kuroiwa ruikou, 1862-1920）於明治時代（1867-1912）後期改寫歐美短篇推理小說的翻案偵探小說開始，開啓了日本推理小說的先河，這時距離歐美推理小說的濫觴，亦即一八四一年愛倫坡（Edgar Allan Poe, 1809-1849）創作《莫格街凶殺案》（*The Murders of the Rue Morgue*）已經約有半世紀之久了。

而這段期間，英國的柯南道爾（Arther Conan Doyle, 1859-1930）於一八八七年以《血字的研究》（*A Study in Scarlet*）讓福爾摩斯登場，帶動了一波短篇推理小說創作的風潮，並讓世人對有奇妙案件及瀟灑名探所謂推理小說的新文類爲之瘋狂。大約同時，英國文壇大老G. K. 卻斯特頓（Chesterton, 1874-1936）也以「布朗神父」系列在福爾摩斯獨尊物理證據的風潮之外，開創了心理證據小說的流派，短篇推理小說的創作至此發展成熟，接下來就是迎接將愛倫坡的創作精神發揮到極致的「古典黃金時期」到來。在這段期間出場的都是身爲推理小說讀者就算未曾讀過作品，也必定聽過響噹噹名字的大師，如有謀殺天后之稱的英國的阿嘉莎・克莉絲蒂（Agatha Christie, 1890-1976）、桃樂西・賽兒斯（Dorothy L. Sayers, 1893-1957），美國的艾勒里・昆恩（Ellery Queen, 1929-）、范・達因（S. S Van Dine, 1888-1939）、狄克森・卡（John Dickson Carr, 1906-1977）等人。

而日本方面在經過淚香及其他後人的努力之後，江戶川亂步於一九二三年在《新青年》發表〈二分銅幣〉，並發表通俗推理的創作，日本推理小說自此開始了穩健的發展，而亂步也被尊爲「日本推理小說之父」。除亂步之外，這段時期活躍的作家尚有甲賀三郎、大阪圭吉、橫溝正史、木木高太郎、夢野久作等人，都爲戰前的日本推理小說文壇留下豐富的作品。

但是在第二次世界大戰爆發之後，推理小說因爲源自歐美，遭到日本政府以敵人的文化之名加以打壓、禁止，日本推理小說的發展則進入了一段黑暗時期。

戰爭結束後，日本推理小說開始復興，戰後最重要的推理小說雜誌《寶石》也在一九四六年創刊，爲作家提供了一顯身手的園地。在戰後的第一個十年除了備受期待的「戰後五人男」（高木彬光、島田一男、山田風太郎、香山滋、大坪砂男）之外，最重要的本格推理小說支撐者，便是以名偵探金田一耕助爲主角創作一系列作品的橫溝正史，他在一九四六年發表了金田一耕助首次登場之作《本陣殺人事件》後，引領一時風潮。從這個時期起，開啓了日本本格三大家（橫溝正史、鮎川哲也、高木彬光）的輝煌年代，一直到他們去世爲止。

此外，以亂步的名義所設立的「江戶川亂步獎」也在第三屆（一九五七年）轉型爲新人獎，當年得獎作品是仁木悅子的《黑貓知情》，她在獲獎後創作不墜，有「日本的克莉絲蒂」的美稱。透過亂步獎，躍登推理龍門的新秀極多，這也成爲後來日本推理文壇發掘新秀的重要手法。活躍於現今日本推理文壇的作家，有許多人都是透過各式各樣的新人獎登場的。

在本格派作品發展到極致的同時，開始有人對於這類的紙上智力遊戲感到倦乏。而在仁木悅子獲獎出道的同年，松本清張也以《點與線》一作登場，放棄名偵探、奇怪的事件，著重人心內面的描寫以及犯罪事件與社會的關係，爲推理文壇帶來了全新的風潮，稱之爲「社會派」。清張獲得了絕大的歡迎，壓抑了當時已經顯出疲態的本格派的發展，自此社會派推理小說作家以清張爲首，森村誠一、夏樹靜子等人牢牢地佔據了日本推理文壇長達數十年。於是當時的本格派作家有人封筆，如橫溝正史；有人披上社會派的外衣，繼續創作本格推理，如創作千草泰輔檢察官系列的土屋隆夫，以及改寫律師百谷泉一郎系列的高木彬光。

而在一九七〇、八〇年代最受到日本一般讀者歡迎的推理作家，則是台灣讀者也非常熟悉的幽默推理代表人物赤川次郎，以及旅情推理之王西村京太郎。比起上述的作家，兩人的作品都能讓未曾接觸推理小說的讀者更容易閱讀，因此即使是現在的日本，還是有非常多不熟悉推理小說的人一提到推理小說，會直覺聯想到兩人。

正如「盛極必衰」這句話的道理，社會派發展到後來也逐漸混雜入風化、官能、暴力的元素，出現了衰敗的跡象。就像是對社會派的反動一般，對於老一輩的本格推理作家，如小栗蟲太郎、夢野久作的作品也興起一股再評價的風潮，而在七〇年代因爲市川崑導演的一系列金田一耕助的電影大大賣座，也掀起了一股熱烈的橫溝風潮。此外由台籍評論家傅博以研究戰前作品爲主的雜誌《幻影城》在一九七四年創刊，這對本格派復興也做出了相當大的貢獻。出身自這本雜誌的作家有栗本薰、連城三紀彥、田中芳樹等，至今都非常活躍。雖然這時候日本推理文壇的檯面上仍舊是社會派爲尊的狀態，但是本格派終究還是累積了相當的力量，準備反撲。

曾經宣言一生都要獻給本格推理小說的島田莊司，在一九八三年以《占星術殺人魔法》一書登上推理文壇。此書描寫名偵探御手洗潔如何解決一樁橫跨四十年的懸案，爲純粹的解謎遊戲，雖然受到當時的社會派風潮嗤之以鼻，卻在日本大學推理社團間大受歡迎。在他的賞識之下，一九八七年當時仍爲學生的綾辻行人推出了《奪命十角館》一作，此作開宗明義宣示了純粹鬥智的推理作品才是讀者想要的，開啓了日本推理文壇第三波本格推理高峰，一九八七年便被視爲「新本格」元年，並在二〇〇二年熱熱鬧鬧地慶祝誕生十五週年。新本格的作家除綾辻之外，尚有第一期的有栖川有栖、我孫子武丸、法月綸太郎、歌野晶午等人，並且不斷地增加中，在現在的日本推理文壇佔據了相當重要的地位。

除了新本格之外，推理小說注入了更多的元素，誕生了許多難以被歸類的作家，東野圭吾、宮部美幸、京極夏彥、桐野夏生等人非常地活躍。其中宮部更是被視爲新一代的國民作家備受期待。從以大眾文學爲對象所頒發的直木獎在一九六二年頒獎給木木高太郎之後，推理小說作家獲得此獎的人數持續增加，足以證明日本推理小說已經取得相當高的地位。

最後，爲了讓讀者對推理小說有更清晰的視界、了解上述的演進，將推理小說大致加以分類，並揭示其代表作家，以供參考：

A、本格派：阿嘉莎·克莉絲蒂《東方快車謀殺案》（*Murder on the Orient Express*）、艾勒里·昆恩《X的悲劇》（*The Tragedy of X*）、橫溝正史《本陣殺人事件》、島田莊司《占星術殺人魔法》。

B、冷硬派：達許·漢密特（Dashiell Hammett, 1894-1961）《馬爾他之鷹》（*The Maltese Falcon*）、雷蒙·錢德勒（Raymond Chandler, 1888-1957）《大眠》（*The big sleep*）、勞倫斯·卜洛克（Lawrence Block, 1938-）《八百萬種死法》（*Eight Million Ways to Die*）、生島治郎《追凶》。

C、社會派：松本清張《砂之器》、森村誠一《人性的證明》。

D、倒敘類：從犯人的視角描寫，在故事發展過程逐步揭露犯人爲何會失敗的原因。奧斯汀·佛里曼（R.Austin Freeman, 1862-1943）在一九一二年發表的《歌唱的白骨》（*The Singing Bone*）爲創始作品。美國影集《神探可倫坡系列》（*Columbo*）、三谷幸喜《古畑任三郎系列》。

E、法庭小說：以法庭內兩造攻防爲主的類型。史坦利·賈德納（Erle Stanley Gardner, 1889-1970）《梅森探案》（*Perry Mason*）系列、和久峻三《假面法庭》。

F、警察小說：以警察辦案過程或警方內部人事爲主要描寫對象的作品。麥可班恩（Ed McBain, 1926）《第八十七分局系列》（*The 87th precinct*）、橫山秀夫《半自白》。

G、懸疑小說：讓讀者對於故事發展充滿好奇，並且結局有相當高的意外性。康乃爾·伍立奇（Cornell Woolrich, 1903-1968）《黑衣新娘》（*The Bride Wore Black*）、瑪格麗特・米勒（Margaret Millar, 1915-1994）《眼中的獵物》（*Beast in View*）。

H、間諜小說：約翰・勒卡雷（John Le Carre, 1931-）《從寒冷中來的間諜》（*The Spy Who Came In From The Cold*）、葛蘭姆・格林（Graham Greene, 1904-1991）《哈瓦那特派員》（*Our Man in Havana*）。

I、驚悚小說：比起懸疑小說更不注重解謎和推理要素，主要是要讓讀者感到坐立難安。史丹利・艾林（Stanley Ellin, 1916-1986）《本店招牌菜》（*The Specialty of the House*）、艾拉・雷文（Ira Levin, 1929-）《從巴西來的少年》（*The Boys from Brazil*）。

（本文作者爲輔大日文系教授）

代序二

日本推理小說迷眼中的日本推理小說

稻葉吹雪

先從第一次看推理小說開始講起。

用我一向貧瘠的記憶力回想的結果，應該是在小學四年級左右看的謀殺天后克莉絲蒂的《東方快車謀殺案》，而且也不是三毛主編的版本，是附上了一九七四年電影劇照的版本。據說這個版本，連閱讀推理小說數十年的推理迷都不知道。如果有同好知道的話還請告知。不過當時我並沒有特別意識到這是推理小說。畢竟我是個在閱讀本書之前只看偉人傳記、歷史故事跟兒童冒險故事的小孩，對於故事中出現死人的作品，還會感到害怕——縱使克莉絲蒂的作品其實是被認爲是推理童話。（那到底是何時開始變成了堅持推理小說不死人不行，對於花了七、八百頁的巨大篇幅，居然只死一個人感到不滿的推理小說閱讀者呢？）

再來的發展就記得很清楚了，第一本讓我覺得這樣的故事眞有趣的作品，是在一年後看到了東方出版社出版的亞森羅蘋系列的《惡魔詛咒的紅圈》。老實說故事內容不是很記得了，但是在閱讀過程中那種興奮、期待的感覺卻還記憶深刻。不過，我並沒有因此對歐美推理小說情有獨鍾，一方面是因爲當時的歐美推理小說並不多，再者最重要的原因是在國中時看了克莉絲蒂瑪波小姐系列的《復仇女神》一作被狠狠地悶到了。年輕的我便任性地以爲歐美推理小說都是這副德性，絲毫提不起興致。即使到現在看歐美推理小說還是得精挑細選，實在是因爲當年的經驗令我餘悸猶存。再者因爲受限於語言能力，我對歐美推理小說的了解，一向都只能靠國內出版社主事者的自身喜好所出版的作品。單從這些作品，我勢必無法全盤地了解歐美推理小說的現況，甚至有偏頗的想法，也就不足爲奇了。

那麼再來就說說爲什麼會被日本推理小說制約吧，這樣內容也才符合標題，編輯也才不會認爲我有灌水的嫌疑。

我的國中時期剛好也是赤川次郎在台灣書市最風光的時候，在同學的推薦之下開始看起了赤川的作品，雖不至於驚爲天人。但是，對於國中生而言，這樣的作品足以構成某種文化衝擊。其中的輕快、俏皮，以及雖非驚天動地卻還是讓我驚訝不已的詭計，就是要比把我悶到不行的《復仇女神》來得有趣太多。而這時候我也從推理雜誌中找到了比赤川次郎更精采的作品——橫溝正史的金田一耕助系列，其中的耽美、灰暗跟陰濕的氣氛讓我愛不釋手。我一定是從這系列的作品開始變成推理小說不死人是不行的基本教義派。

再來，就談談讓我眞正覺得這一生非日本推理小說不看的決定性作品，就是在高二那年寒假，和《奪命十角館》的相遇。縱使是現在，我仍舊能清晰地憶起當初那個結局帶給我的莫大衝擊與感動。後來會有非推理迷問我，到底日本推理小說有什麼好，値得這樣著迷的？我一定會告訴對方，因爲《奪命十角館》的閱讀經驗太迷人，讓人無法忘懷。不過很多時候還是會換來對方的一臉狐疑。

而日本的推理小說到底有哪裡好呢？

首先，就閱讀赤川次郎的經驗來說，故事節奏快速、場景推移迅速是大部分日本推理小說的特色之一。能夠很快地進入狀況，對於我這種極容易不耐煩的讀者而言是一件相當令人感激的事情。尤其是這種節奏快速、不拖泥帶水的作品，對於初入門的讀者而言是相當親切的，想當年我就是因爲《復仇女神》的節奏不夠快，才會心靈大受傷害。

節奏快並不代表故事本身就沒有深度，但在案件開始之前先讓主角演上幾十頁的內心戲，也不一定保證有深度。例如日本直木獎作家原尞的《被我殺害的少女》，故事一開場，主角私家偵探澤崎便立刻面對犯罪事件。作者利用劇情的快速發展來帶出主角如何不屈服於幫派份子的暴力，以及警方的壓力的硬漢性格，同時也深刻地描寫澤崎的內心世界。比起我必須花上相當長的時間，甚至一輩子也看不完的某些名作，這部只花了我不到三小時的作品，卻是足以代表日本八〇年代正統冷硬派小說的偉大作品。

此外，日本的推理小說中很多都具有豐富的情報功能，情報系作品是日本推理小說的大宗，從中能夠獲得相當多其實也不知道何時才能派上用場的知識。像在未識日文之前，我曾經大量閱讀了夏樹靜子的作品，她的創作絕大多數都屬於情報系小說。例如《旅人的迷路》就讓人聯想到現今也很熱門的刑事鑑定，或是閱讀檢察官霞夕子系列也是對日本檢察官制度有所了解的好方法。再來還有近年來崛起的橫山秀夫，他的作品也可以讓人對日本警察制度有相當程度的了解。

最後我想談談自己之所以最喜歡日本推理小說的原因——就是日本推理作品的多元化。任何讀者想要看的類型，幾乎都有作家可以寫出來，甚至能夠教育讀者推理小說是可以這樣寫、這樣讀的。例如京極夏彥因爲自身對妖怪的愛好，讓他在推理小說這種講求絕對理性的類型中，放入和理性精神相違背的妖怪故事，卻還是能言之成理，實在令人回味無窮。

亦或是在山口雅也的《生屍之死》中，故事的背景設定是在一個人死會復活的世界，那麼謀殺在這個世界的意義又是什麼呢？完全顚覆讀者常識的作品，作者卻仍舊能講出一個令讀者心悅誠服的故事，怎能不令人心嚮往之呢？

最後就是對於創作形式的包容性。在日本推理小說界中，形式的開創一直都是作家們努力的方向。就像是多年前帶給我巨大衝擊的《奪命十角館》，破壞讀者和作者之間默契的創作方式，使得敘述性詭計成爲重要的創作形式之一。亦或是野澤尙的江戶川亂步獎得獎之作《虛線的惡意》，到最後還是沒有揭露犯人的眞實身分。雖然在審查過程中造成了很大的爭議，卻還是得到了推理小說界新人獎的最高榮譽，足見日本推理小說界對於形式開創的贊同與鼓勵。

日本推理小說對我而言，不光只是一種類型文學、看完即丟的消耗品。它影響我在求學路上的選擇，也讓我感動，獲得往前進的力量。有人認爲推理小說應該扮演的角色是引領讀者走向美好的純文學殿堂，不過我執著地認爲在這方園地中，繁花似錦，人生之樂盡在其中，別無所求。

（本文作者爲日本推理小說迷）

序幕

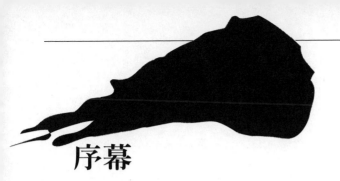

三月初。微風。晴朗無雲。約莫十名年輕人手中拿著鏟子，聚集在山谷間一所已廢校的分校校園內。

時光膠囊開封——

原本擔心會受到濕氣侵蝕，幸好作文集和圖畫平安無事。大家紛紛拍手歡呼，個個笑容滿面。這天因公無法出席的「小瑞」的作文被大家朗讀，頓時成爲話題的中心。

我的夢想

我的夢想是當女警察。我要到小學去教導大家交通規則。因爲，如果有人被車子撞傷，那就不好了。

然後，我還要抓好多好多壞人。聽說，都市裡住著很多壞人。

然後，我要對老年人和小嬰兒很好很好。還有，我要開著警車，到處巡邏。

女警察好威風好神氣。我將來一定、一定要當女警察。

（一年一班　平野瑞穗）

狩獵魔女

一

——啊啊，快死了。

正在最後一個座位的桌上畫著宣導插圖的平野瑞穗，忍不住站了起來。

位於D縣警總部的本廳舍（註）一樓，一進入玄關右邊的宣導室，空間非常狹窄，如果四名室員全部到齊，幾乎會讓人窒息。更糟的是，F日報的副組長脇坂又賴在沙發上不走。不修邊幅的大漢，大嗓門，身上還搽著刺鼻的古龍水。由於獨家新聞被其他報社搶走了，他爲了洩忿，已經對宣傳官（宣導室的最高主管）船木嘮叨了半個小時。

「喂，宣傳官，你眞的搞清楚狀況嗎？每家報社都快爆發啦！」

「知道啦，阿脇。我知道啦。」

瑞穗從一臉不快的船木背後繞過去，悄悄地打開窗戶，上半身探出窗外，深呼吸。好舒服。雨停之後，泥土與草葉私語般的獨特氣味，從鼻孔吸入了胸腔。

外勤……。這時候，內心總是按捺不住地想重返外勤的工作。

註：本廳，意指警視廳，為中央機關。對於必須全國統一的通信、裝備、鑑識、警察教育等方面，負起指導、監督各地方政府警政單位之責。

這是她被任命爲巡査（註）的第六年，二十三歲。被配屬到這個秘書課的宣導公關組之前，她是鑑識課機動鑑識班的一員，擔任的職務是從案件的被害者或目擊者口中問出犯人的特徵，再畫出嫌犯素描的準專門職。這是一份很有意義的工作。她也感到驕傲，然而……

「平野……平野巡査。」

瑞穗一驚，回過頭去，脖子上夾著話筒的南組長，拿著便條紙在頭上揮舞。

「把這個轉告給各報社。」

「是。」

瑞穗看著潦草的字跡，走出宣導室，一出房間，也不用經過走廊，隔壁就是記者室。

爲什麼警察廳裡會有這種像報社、電視台專用的出差場所？剛當上女警的時候，每次經過這個房間，瑞穗就會有這種疑問。有人告訴她，這是用來服務媒體機構。其他人則小聲地說，這是爲了控制媒體。現在，瑞穗瞭解這兩者都正確。

「打擾了。」

瑞穗推開記者室的門，走到設有沙發組的房間中央，突然被一股撲鼻而來的香水味嗆到，但是她忍住，大聲說話。

「各社都到齊了嗎？下午五點開始，有搜查二課的消息發佈。」

房間裡約有十名記者，但是只有少數人對瑞穗的話有反應。

幼稚，瑞穗心想。

搜查二課目前正在偵辦上次總選舉的大型現金賄選案件。各社的採訪競爭也非常激烈，記者們從早到晚拜訪搜查員的宿舍，拚命想取得搜查情報。然而，說到結果，只有中央報系之一的J報連日來刊登獨家新聞，可以說是獨占鰲頭。今天早上也是如此。早報的縣版揭發了〈出納負責人接受偵訊〉的搜查重點。由於其他各報社的記者都知道搜查二課預定在五點發佈的消息，只是確認J報的獨家報導內容，所以顯得一臉掃興。不，他們應該是怒氣沖天吧，只是盡力裝出漠不關心的樣子，勉強保住面子。

經過了這半年，瑞穗也變得瞭解這一切了。

她在黑板上寫下「下午五點　搜查二課發佈消息」，轉身就要離開。此時，後面傳來一個女聲，叫住了身穿藍色制服的她。

「內容是什麼？」

在放有泡茶用具的屏風另一端，淺川久美子擺盪著妮可．米勒（Nicole Miller）的洋裝裙襬走了出來。瑞穗知道她在。擁有令人乍見之下即忍不住嫉妒的大眼睛及豐滿嘴唇的久美子，每天都更換不同的香水牌子。

「我想應該是違反選舉法的後續吧。」

註：日本警察的位階共分九等，分別是警視總監、警視監、警視長、警視正、警視、警部、警部補、巡查部長、巡查。前四等屬於一般職的國家公務員，由國家給付薪水。自警視以下，屬於地方警察職員，由都道府縣的地方政府給付薪水。

瑞穗回答，久美子也掃興地「哦」了一聲，露出了自傲的皓齒。

與瑞穗同年的久美子，是這一連串案件報導中遙遙領先的J報記者，有兩年的年資。然而實際執筆獨家報導的，不是組長風間，就是副組長大島，久美子卻表現出一副好像是自己寫的態度，惹毛了在四周豎耳偷聽的其他報社記者們。

——眞討厭……

不曉得是不是因爲目睹了久美子完美無缺的化妝，離開記者室的瑞穗介意起自己的臉，走向洗手間。一開門，恰巧碰上從裡面走出來的風間組長。這棟本廳舍興建於完全沒有考慮錄用女警的時代，一直到現在廁所的入口都還是男女共用。當然，內部已經過改建，進門之後的前面是男廁，細長通道的左側裡面是女廁；但是牆壁薄，而且經常在入口或通道和男性擦身而過。

抱歉，風間輕聲說道，穿過瑞穗旁邊。瑞穗羞紅了臉，照照鏡子，連耳根子都紅了。好不甘心。爲什麼說巧不巧，就會在廁所裡遇到風間？

回到宣導室，脇坂還賴在那裡。

「不管怎麼看，都是單線釣法嘛！同一個傢伙把消息放出去。哪，任由J報這樣爲所欲爲好嗎？要是被其他報社排擠，困擾的可是你們喔！」

也因爲剛才廁所的事，讓瑞穗覺得更煩躁了。

明明是自己能力不足，才會被其他報社搶去獨家新聞，但是這個叫脇坂的記者卻不這麼想。他拐彎抹角地挑剔船木，其實說穿了，就是認定洩露情報給J報的搜查員不對，警方應該進行內部調查，把那個搜查員揪出來，要他閉嘴。

只要在這個部門待上半年，即使這種事都看得出來。

好不容易脇坂一離開，不出所料，船木發飆了。他踹踢南組長的椅子，掄起拳頭猛敲音部主任的桌子。

「你們是有跟記者們應酬嗎？」

用不著脇坂說。在刑事部內，早已展開針對洩漏情報者的狩獵魔女行動。搜查對象是一名本屆落選，但是昨天之前還擔任議員的男性。畢竟警察尚未發表的消息被報社搶先寫出來，不管在搜查或政治上都非常不妥。因此，刑事部的內部調查行動極為認眞，當然，肩負媒體公關的宣導室，也不能悠哉行事。究竟不斷地披露獨家新聞的是J報的誰？那名記者的消息來源又是警察官裡的誰？若是被刑事部搶先查出來的話，宣導室就太沒面子了。

「連這點情報都掌握不到，搞什麼啊？就是因爲這樣，宣導室才會被說成是升遷考試的讀書室。喂，有沒有在聽！我說你們如果不和記者混熟一點，就別想搞什麼公關！」

瑞穗只覺得南的身體僵直、音部保持警戒，她自己則往下看。

她感到無地自容。畫宣導用的插圖、剪報、接電話、傳令、倒茶、清掃辦公室，這就是瑞穗的所有工作。「塞什麼女警過來，這樣子我不就等於少了一名人手？」決定瑞穗配屬到宣導室之後，船木在警務課抱怨的這些話輾轉傳進瑞穗的耳裡。

瑞穗懷著想要摀住耳朵的心情，開始用筆描繪插圖裡女孩子的台詞框：「哦！警察負責的工作可眞多呢！」與她對話的男孩子說：「嗯，有困難的時候，不管什麼問題都可以找警察商量哦！」

船木暴躁的聲音持續響著。

咦……？瑞穗覺得好像有人在叫她，抬起頭來，只見一臉怒氣的船木正望向這裡。

腦袋玩味著船木剛才的話。他是這麼說的。

「喂，平野——隔壁的小姐們至少也會喝喝紅酒吧！」

紅酒？

花了數秒鐘她才會意。叫我也去做公關嗎？

不對。那不是他的本意。那是他氣憤之餘隨口說說的。船木對瑞穗沒有絲毫期待。證據就是他已經把椅子轉過去、換了方向，看也不看瑞穗。

但是，他的確說了。妳至少也去挖點情報過來。女記者就由身為女人的妳來對付……

瑞穗凝視著船木失望的側臉。

——那你就好好地下令啊！

電話鈴聲劃破緊張的氣氛。南撈起話筒。

「宣傳官……刑事部長請你過去。」

「嗯。」

船木站起來，匆匆地走到門口，卻又有點困惑地折返，在瑞穗的肩膀做出又是搓揉又是拍打的曖昧動作。

「插圖，快點弄好啊！」

那是一種充滿討好的語調。

傷口裂開了。

一點都不新，但也絕對不會變舊的深深創傷……

她厭惡地望著船木離去的背影，拚命回想與朋友曾經去過的、有著美味紅酒的店家名字。

二

瑞穗準時下班，離開縣警總部，在六點以前走進女子宿舍的大門。餐廳客滿，她直接走上二樓的房間。同寢室的林純子還沒回來。

瑞穗曾告訴高中同學「宿舍是雙人房」，當時對方驚訝得說不出話來。但是瑞穗顯然說得不夠清楚，宿舍中間隔著附衛浴的公共空間，兩邊是附有門鎖的獨立房間，保有相當的隱私。一旦習慣兩個人住之後，一個人反倒靜不下來。

瑞穗倒向床上。

殺風景。這個房間就是那樣。以前整面牆壁貼滿了素描，非常熱鬧。現在全部都撕下來了。畫材和素描本，也都在床底下沉睡著。

傷口還開著。內部黏稠地化膿，微暗的情緒蠕動著。

想忘也忘不了的那個事件……

那是一年前的事了。七十歲的老婦人在路上被搶走了皮包。瑞穗趕到現場，詢問過老婦人後，畫出嫌犯的素描。不久，鑑識課便接獲捷報。轄區的刑警憑著嫌犯的畫像找到了犯案者，並將之逮捕。課內歡騰無比。這是憑素描逮捕犯人的第一例，森島課長興奮之餘，把消息通知宣導室，準備在四點召開記者會。這件事至止都沒問題，瑞穗也宛如置身夢境，然而……

轄區將所拍下的嫌犯照片送到課裡之後，所有的課員都啞然失聲。完全不像。照片裡的嫌犯和瑞穗畫的素描一點都不像。

事後才得知，看到嫌犯素描而指稱「一模一樣」的便利商店店長，從以前就認識嫌犯了。那名嫌犯原本是飆車族的老大，店長因爲有「這傢伙遲早會幹出什麼勾當」的先入爲主觀念，光是看到畫像上的髮型和臉部輪廓，就脫口說出「一定是那傢伙沒錯」。

課長抱頭苦思。記者會的時間迫在眉睫，而且也已經對記者室發佈「靠嫌犯素描逮捕犯人的第一例」消息了，事到如今不能取消。如期舉行的氣氛支配了整個課，然而，課長想出來的計畫，遠超過瑞穗的想像。竄改嫌犯素描——森島課長命令瑞穗重新畫出一張和犯人照片一模一樣的素描。

瑞穗拒絕了。我做不到，請原諒我，她哭著不斷地拒絕。這時候，課長所說的字字句句，到現在依然如尖刺般扎在瑞穗的心裡。妳想讓我顏面掃地嗎？想讓組織丟人現眼嗎？妳也是這個組織的一份子吧！

即使如此，瑞穗還是不肯點頭。課長說話了，彷彿吐口水似地說了。

所以我才說女人不中用嘛。

她懷疑自己聽到的。她的內心凍結了。她一直以爲只要做好份內的工作，鑑識課裡是不分男女的。她一直這麼相信。更何況，畫嫌犯素描這個工作唯有瑞穗才做得到。課長的這句話傷害了她。女人不中用嘛。這是課長的眞心話。不，聽起來像是組織的眞心話。

重新畫下嫌犯的素描。她不懂。她怎麼樣都想不起當時的心情，記得的只有哀鳴，看見隔天的早報時自己所發出的哀鳴……

「立功女警　以嫌犯素描緝兇破案」

悔恨與自我嫌惡一發不可收拾。她擅自曠職，無故失蹤，然後是半年的停職……

內線電話響了。瑞穗朝牆上伸出手。

舍監說，是外線電話。接著，某個提高著嗓音的女聲從話筒裡傳了出來。

「我是七尾。」

是總部警務課的女警管理組長七尾友子。竄改嫌犯素描的事件之後，她每個星期都會打一次電話過來。

「平野，吃過飯了嗎？」

「不，還沒。」

「趕快去吃，要不要出來？我發現一家氣氛很棒的紅茶店喔！」

「這樣啊……」

「嗯？沒興趣？」

「不、不是啦……。只是等一下我還有事……」

她要去見J報的淺川久美子。已經決定了。不，老實說她還在猶豫，但是瑞穗覺得不能在這時候接受七尾的邀約。

「這樣啊，那就算了。」

「抱歉！」

「哎呀，幹嘛道歉啊？那，妳最近好不好？」

心理復健有進展嗎？七尾是這個意思。宣傳官船木的臉掠過腦海，瑞穗一時答不出話。

「工作還順利吧？」

「嗯……」

「加油喔！那，我會再打電話給妳。下次一起去喝紅茶吧！」

眼淚快掉出來了。復職，復健調動。因爲七尾的建議，才能有這樣特別的安排。宣導室的工作確實很輕鬆，由於隸屬於總部的秘書課，也有些女警羨慕萬分，但她想調到其他部署，卻說不出口。即使撕裂嘴巴也說不出口，只能在這裡加油了。但是，到底要怎麼加油、加什麼油才好？

船木總是無視於瑞穗的存在，有時候反而利用這個復健調動，把她視爲外來客。那個男人有沒有想過，受到這種對待，讓一個想要討回自尊的女警有多麼痛苦？

她想做外勤。想再一次回到鑑識課。但是，自己還能畫嫌犯素描嗎？這雙污穢的手還有資格畫嗎？

瑞穗沖了個熱水澡。

船木的話縈繞在耳邊。

他叫我找女記者喝酒，命令我去取得情報，一邊下令，卻又在一瞬間表現出「我對妳沒有任何期待」的態度，別過頭去。他用安撫討好的聲音，把瑞穗疏遠到遙遠的彼方。好狡猾。眞是不甘心。

和記者喝酒，藉此取得些許情報；即使是這樣必須懷著內疚去做的骯髒工作，但船木若是承認瑞穗也是部下之一的話，就應該清楚地下令「這是宣導公關組的職務」，不是嗎？沒錯，至少鑑識課長森島還把瑞穗當成「自己人」。正因爲如此，他才強迫瑞穗做出竄改嫌犯素描的犯罪行爲。船木不一樣，打從骨子裡不一樣。

我想當女警。

遙遠的記憶甦醒。出差到山區分校的「交通安全教室」一行人、看到制服女警的驚訝、在幼小的內心萌生的憧憬、長年孕育的決心、初次穿上女警制服的喜悅……。而船木卻讓瑞穗對她所擁有的唯一一個夢想感到懷疑。

瑞穗換上最華麗的洋裝——爲了和淺川久美子並肩行走，不被對方比下去。

「工作還順利吧？」

她的胸口劃過一絲疼痛。

——不對。這不是骯髒的工作。

這是光明正大的職務。瑞穗也待過鑑識課，所以瞭解要是重要的搜查情報全部走漏給媒體，有時候甚至會導致搜查行動無法進行。

瑞穗說服自己，離開女子宿舍。然而不聽勸的另一半情緒卻讓踏出去的腳步變得遲緩。

三

也不能突然邀人家喝紅酒啊。

瑞穗在J報分社附近的咖啡廳坐下，然後打電話。淺川久美子像是在編輯部同事粗魯的叫喚下匆忙地接起電話。

「平野小姐？有什麼消息臨時要發佈嗎？」

「啊，不是。我有一些私事想找妳商量……」

「商量？」

聽到對方訝異的反應，瑞穗講話變快了。

「我想買香水，可是不曉得怎麼選。我想淺川小姐對這方面應該很瞭解，所以……」

瑞穗只想得到這種藉口。她對香水沒興趣。以前，曾經有個年輕記者硬是送了她一瓶香奈兒香水，她一次也沒搽過，就沉睡在抽屜深處。

久美子說「沒問題，交給我」，爽快地答應了。瑞穗通知約定地點，久美子說馬上過來，卻讓她足足等了一個小時才出現在店裡。

「對不起、對不起，因爲那件案子快忙翻了。」

久美子若無其事地炫耀自己的忙碌之後，從愛瑪仕皮包裡取出香水型錄，然後以充滿好奇的眼神望著瑞穗。

「交男朋友啦？」

「啊、不……」

她沒有想買香水的理由。

「還是相親？」

「不，不是那樣啦……」

瑞穗模稜兩可的態度，讓久美子很興奮。

「沒關係，我不問、我不問。……那麼，好……」

久美子流暢地翻著型錄。

「我看看……平野小姐的型應該是柑苔調（Chypre）吧，而且是水果香味的。嬌蘭的蝴蝶夫人怎麼樣？迪奧的DIORELLA的話，上班時也可以搽，不過感覺不太對吧？哪，約會的話，就狠下心來買GUCCI的嫉妒香水怎麼樣？藤原紀香跟知念里奈也在用喔！」

她一句話都沒聽進去。該怎麼做，才能把話題誘導到眞正的目的上呢？瑞穗滿腦子盡想著這個問題。

賣弄了一陣子香水知識後，久美子壓低了聲音。

「話說回來，平野小姐，妳們那裡也搞得滿城風雨吧？」

「咦……？」

那雙大眼睛定定地窺伺著瑞穗的反應。

原來，久美子來赴約也是有目的的。對於連日來刊出獨家報導的J報，警方有什麼反應？她想知道這件事。

順水推舟……

「不就是搞得天翻地覆嘛！被挖出那麼多獨家，搜查課的人恐怕會對淺川小姐敬而遠之喔！」

「怎麼這樣！挖到獨家的又不是我。」

久美子驚叫。她在其他報社面前虛張聲勢，一副獨家是自己寫的樣子；另一方面，又怕被警界排擠。

「呃，平野小姐，告訴我，眞是這樣嗎？大家都這樣子說我嗎？」

「我想應該沒有啦，不過淺川小姐不是在跑這個案子嗎？」

「是沒錯啦，可是老實說，違反選舉法什麼的，我也搞不太懂。還挺複雜的。」

好機會。瑞穗追問。

「果然，是風間先生嗎？」

搜查二課的案子，是副組長大島的擅長領域。傳聞是這麼說的，不過瑞穗憑直覺說出風間的名字。

「對，全部都是風間先生寫的。」

久美子可能滿腦子都在擔心自己的事，所以爽快地承認了。不費吹灰之力，瑞穗反倒沒有問出情報的快感。

但是，沒錯，在這種狀況下，可以再問出更多事情。

「風間先生是組長，所以都跑大人物那邊吧！像是部長或課長之類的。」

「啊，也沒有，好像不是啦。風間先生的策略是跑現場。」

現場。這麼說的話，風間的情報來源是隸屬於搜查二課的智慧型犯罪搜查組裡的某人了。抓到情報了。這次的確有踏實的感覺了。這麼一想，瑞穗突然感到一陣恐怖。即使對方是久美子，然而欺騙對方的缺德之毒一樣流竄了全身。

另一方面，久美子可能是因爲表明了自己的「無辜」而鬆了一口氣，對瑞穗原本就微弱的警戒心更是消失無蹤。

「風間先生眞的充滿了幹勁。從沖繩調到這個分社已經五年了吧！他很想回東京。聽說他母親一個人住在那裡。我們報社的人事調動下個月就決定了，他可能是想用這個案子賭一賭吧！」

瑞穗點點頭。

她曾經從音部主任那裡聽說過這件事。風間待過沖繩支局。J報是徹頭徹尾的美軍基地回歸派，風間一直在撰寫批判政府與美軍的報導。據說，他以縝密的長期採訪，經過翔實查證所做的一連串報導，在報社內外都獲得了極高的評價。

但是，風間在事業的高峰卻遭遇了挫折。他受邀前往高中演講，興奮之餘竟脫口說出專做美軍生意的酒吧是「寄生蟲」這種話。在場學生中有酒吧經營者的子弟。風間立刻道歉，但是太遲了。聞風而來的保守派議員逼問J報。後來可能是私下和解，所以事情沒有鬧開。不過，風間在不到一個月之內，接到了不合時節的人事調動令。

「那，香水怎麼樣？決定了嗎？」

久美子的聲音讓瑞穗回過神來。她慌忙把手伸向型錄，卻驚訝地抬起頭。店門口。風間和大島正一起走進來。糟糕。這家店一定是J報記者的聚集場所。

瑞穗的視線和風間對上了，她顯得狼狽不堪。內疚，以及更勝於內疚的劇烈心跳。

瑞穗起身，向風間行禮。久美子回頭，一臉「被發現了」的表情，向兩人吐了吐舌頭。

「哦！我還以爲妳蹺班了，原來在對平野小姐進行夜間採訪呀？」

大島打趣著說。

「今天我們遇到好幾次了！」

風間對瑞穗微笑，走向窗邊的座位。他轉向吧台，點了咖哩和咖啡。風間的身材修長，像模特兒一般地纖瘦。大而清澈的瞳孔、意志堅定的嘴角，出生於東京，三十三歲，單身……

另一個世界的人，瑞穗心想。

瑞穗拿起皮夾，站起來。

「那，我差不多該走了。」

「這樣啊。那型錄就借妳好了。慢慢挑吧！」

「謝謝，那我就先借了。」

瑞穗說著，掃視桌子。沒看到帳單。
「啊，被組長搶去啦。」
「咦？不行啦！」
就算是一杯咖啡，也不能讓記者請客。
瑞穗走近窗邊的座位。
「那個……我自己付。多少錢？」
「啊，這一點錢，沒關係啦。」
風間邊笑邊在面前揮了揮手。
「可是，不能這樣子……」
「會變成賄賂事件嗎？」
這次換大島笑了。
「眞的，我會很困擾的。」
瑞穗愼重其事地說道。風間說著「知道了、知道了」，望向帳單。
「唔……四百圓。」
瑞穗慌忙打開錢包，零錢卻撒了一地。
「對、對不起。」
風間在桌子底下撿零錢時，他的臉靠得好近。好香的味道。古龍水？不，感覺像香水。萬一是從誰那兒沾染到的香味……？

瑞穗逃也似地離開店裡，卻無法不去在意；臨別之際，她向久美子探聽。
「風間先生有交往的對象啦！」
「咦……？」
「因爲他身上有香水味啊。」
「香水？哦，那個啊。」
久美子笑了出來。
「那是亞蘭德倫的男武者。男性香水。是我送他的，因爲我覺得風間先生有點像歐吉桑嘛！」
以爲變得親近的久美子，又倏地遠去了。
瑞穗獨自走在往女子宿舍的歸途上，弄不懂自己的心情。
今天有所收穫。寫下獨家報導的人是風間，而風間是從智慧型犯罪搜查組的搜查員手中取得情報的。
兩種情緒在內心相互拉鋸著，瑞穗心想，現在只要專注於眼前的事實就夠了。

四

翌日早晨。瑞穗比平常提早一個小時離開女子宿舍，在六點半穿越縣警總部的玄關，還沒換上制服，就先瞄一下記者室。裡頭鴉雀無聲。她悄悄掀開休息專用上下鋪的簾子，空無一人。

——還沒到啊……

她打算逮住R報的大城冬美。冬美比任何人都早到，也經常在記者室過夜。

瑞穗有些失望，走進宣導室。

她瀏覽一下各社的報紙，忍不住「啊」地叫出聲。J報今早又出現此一標題。

「警方即將逮捕市議會議長」

報導的內容是這樣的。根據搜查二課的調查，掌控議員地盤的市議會議長涉嫌指揮現金賄賂。待罪證確鑿，接下來就要展開逮捕行動……

瑞穗回想起咖啡廳的情景，風間面露又酷又穩重的表情，但是，他的內心卻充滿了迥異的熱情，後來一個人夜間走訪搜查員的官舍，取得獨家新聞。

好厲害，瑞穗率直地想。她明白讓一家報社獨佔鰲頭是不好的，但是在內心的某處，她無法否定想要支持風間的心情。記者之中有那樣的人，被晾在地方都市的記者室，最後變成地頭蛇一般。她不希望風間變成那樣。「如果這個案子大獲全勝，他就能回到東京。」久美子這麼說。那麼，她希望風間贏。希望他抬頭挺胸地回到東京，趁著她內心深處的淡淡思慕，還沒有繼續膨脹的時候。

高昂的情緒被打斷了。桌上的電話響了起來。

「啊，喂。這裡是宣導室。」

「南呢？」

是宣傳官船木。電話中傳來他壓抑著怒氣的聲音，恐怕他已經在家裡看過J報。

「還沒到。」

「音部呢？」

「主任也還沒到。」

瞬間，電話掛斷了。

瑞穗愣了一陣子，連話筒都忘了放好。她的內心深處湧上一股怒意。自己並不存在於這個宣導室。她嘴唇顫抖，不禁咬緊下唇。

——可惡。

想報一箭之仇，想破壞這個常態。平靜的心情煙消雲散，只有對船木的負面情緒殘留在胸口。

她憤怒的眼神望向時鐘，已經過了七點。

她快步走出宣導室，推開記者室的門。

大城在，正在講電話。

「總是承蒙照顧了。我是R報的大城。昨晚怎麼樣？有沒有發生什麼大案件或事故——火災是嗎？小火？有沒有縱火的嫌疑？沒有。炸天婦羅的鍋子？哦，這樣啊。我知道了。今後還請多多關照。」

大城冬美正忙著打「警備電話」。一大早先打給縣下十九署的值班警官，蒐集晚報用的資料。這是菜鳥記者的工作，不過據R報由於經營狀況欠佳，這幾年都沒有補充負責警政新聞的新人。正因爲如此，身爲副組長、有五年年資的二十七歲記者大城，還得每天早上忙碌地打電話。

「昨晚怎麼樣？有沒有發生什麼大案件或事故？」

可能是察覺有人，冬美一面對著話筒說出固定的問句，一面轉頭對瑞穗眨眼。

很奇怪吧？明明在沖繩出生，名字卻叫冬美……

第一次交談的時候，冬美笑著這麼說。小麥色的肌膚，頭髮比短髮的瑞穗更短，沒有化妝，但是那張輪廓鮮明的臉，就算從女人的角度來看，也是性感又美麗。儘管如此，冬美卻沒有一點架子，也從不裝腔作勢。近來每家報社都會派女記者來負責警政新聞，但是最能夠輕鬆自在地往來的，只有冬美而已。

瑞穗一邊收集各報社的垃圾桶，一邊等冬美講完電話。冬美一定知道風間的情報來源，瑞穗這麼推測。

沖繩。這兩人有共通的話題。不知是否因爲如此，感覺上，不太與其他報社打交道的風間，對於冬美也疏於防範。而且，雖然這次被風間搶盡了鋒頭，不過原本是冬美比較擅長應付搜查二課的。聽說去年的瀆職案，冬美搶走了三、四條大新聞，讓其他報社只能保持緘默。如果是冬美，多少對風間的情報來源略知一二吧！

「妳今天來得好早喔！」

打完警備電話，冬美邀瑞穗在沙發坐下。

「有沒有發生什麼案子？」

瑞穗一面坐下一面問，冬美笑道：「宣導室的反過來問記者？」

瑞穗裝出笑臉。

「那個……很辛苦吧？違反選舉法。」

冬美的笑容褪去。

「是啊。J報一馬當先，我每天都被上司罵到臭頭，今天早上也被罵了。」

「好像是風間先生寫的咧！」

「這樣嗎？」

被冬美反問，瑞穗一時語塞。

「好像是這樣的。」

「哦？我還以為是副組長大島先生寫的咧！」

期待落空。不，就算是這樣，也不曉得冬美是不是真的不知道風間的情報來源。

「嗯，妳夜間採訪的時候，有沒有碰過其他報社的人？」

「有啊、有啊，常有的事。」

「也碰過風間先生嗎？」

冬美偏了偏頭。被對方發現了！瑞穗心想，連忙轉換話題。

「大城小姐和風間先生的感情不錯呢！」

「唔，也沒有啦，那個人愛的是沖繩。」

「眞的不愛大城小姐嗎？」

明明是自己說出口的，一股淡淡的嫉妒卻湧上心頭。

「哈哈，要是這樣就太好了。」

「如果大城小姐也在Ｊ報就好了。」

「咦？」

「因爲……」

瑞穗從其他記者的閒聊中聽到的。據說，冬美任職的Ｒ報對沖繩的基地問題非常冷漠。冬美的神情黯淡。

「Ｊ報有些激進。我家在普天間，而且我爸又在基地工作。」

「咦？」

「再加上我們把土地租給美軍，收取租金。連祖墳都在基地裡。」

瑞穗退縮了，覺得自己問錯了問題。

「唉呀，別露出那種表情嘛！話說回來，平野小姐……」

冬美正說到一半，門被粗暴地打開了，Ｆ日報的脇坂走進來，一臉不悅，因爲今早又被捷足先登了。

瑞穗起身。腳步聲跟了上來。她來到走廊上。

「平野小姐。」

冬美一臉認眞，悄聲說道。

「剛才那樣，一點都不適合妳。」

被識破了。

瑞穗當場呆立，兩膝發抖。她感覺自己又失去了某種重要的東西，恐懼不已。

五

到了下午，就像追趕J報的獨家新聞似地，市議會議長被逮捕了。

記者會預定在下午六點舉行，會場是縣警總部的記者室。此外，搜查員進駐當地的K署也安排了由署長主持的「座談會」。不能怠慢了當地的媒體。這是爲了安撫負責K署那群焦躁的通訊部記者們所安排的。就算是同一家報社的記者，分社與通訊部記者的感情不一定融洽。

下午五點，瑞穗開著公務車前往K署。坐在副駕駛座的南組長與她一起參加座談會。K署的署長是交通方面出身的，對於搜查不熟，卻總是對記者透露太多，因而受到總部的監視。所以，南與瑞穗可以說是被派來監視署長的。

「哎，總比照料宣傳官好多了。」

「是啊……」

「座談會也不用擔心吧。就算想服務記者，也沒有情報可說。對於署長，好像也沒有洩漏任何消息。」

雖然附和著南，瑞穗卻憂鬱極了。一點都不適合妳。大城冬美的這句話，像是鉛塊一樣壓著她的胸口。

「上頭好像在懷疑大熊班長呢。」

「懷疑什麼?」

「懷疑是他走漏消息給風間的啊!」

瑞穗一驚。

南一口咬定獨家報導是風間寫的。二課是大島擅長的領域，而曾經這麼告訴瑞穗的人也是南。

不，被船木大吼之後，南也去調查了。這麼說來，一大早南的臉就浮腫著。他昨晚和誰去喝酒了。想來是他查到寫下獨家報導的人是風間，然後也去刺探情報來源。

大熊班長……，搜查二課的智慧型犯罪搜查第一組組長。在這次的案子裡，他負責指揮進駐當地的搜查班。

「班長和風間先生的交情不錯嗎?」

南在後照鏡裡與瑞穗的視線相對，一臉昏睡地點點頭。

「嗯，他們兩個的確處得不錯，還一起去打高爾夫。可是，班長的口風之緊可是出了名的。」

等紅綠燈時慢了一步，他們的車被後面的車子追了過去。紅色的CIVIC，似曾相識的車號，是冬美的車。她可能把總部的記者會交給組長，自己前往K署吧。車子開得很快。

南好像也發現了。

「開得真猛哪!也難怪,大城姑娘這次也蠻慘的。」

「是啊。」

「已經挖不到東西啦。那個女孩子的資源都用光了。」

像是在誘導瑞穗提問的口氣。

「什麼意思?」

「在大熊班長底下有個叫影山的吧?」

「不,我不知道。」

「有就是了。那個影山以前是大城姑娘的消息來源,去年她獨佔鰲頭的瀆職案,全部都是影山洩漏的。」

第一次聽說。

「那件事差點曝光,影山便不再提供情報給她了。如果再鬧一次,他馬上就會被降職。」

「這件事是眞的嗎?」

「眞的,我查到的。」

瑞穗總算懂南的意思了。我也是有在好好工作的……

「可是,影山那傢伙會不會又洩露什麼情報?他對大城姑娘可是死心塌地的。自己明明就有老婆了。」

瑞穗覺得這種話題很討厭。她不願意去想冬美是利用自己「女人」的身份搶新聞的。

看見K署了。這棟建築的老舊程度一點也不遜於縣警總部的本廳舍。車子開進廳舍後面的停車場，媒體專用的停車格停著那輛紅色的CIVIC。

南解開安全帶，拘束地伸伸懶腰。

「那麼，我們走吧。哎，不管怎麼說，J報的領先也到此爲止了。從明天起，哪裡都挖不到新聞了。」

咦……？

「什麼意思？」

「今天逮捕議長的消息洩漏出去，刑事部長真的大發雷霆了。所以從今晚起，好像要求所有搜查員都關禁閉。」

「關禁閉？」

「就是在報社截稿之前，所有搜查員都不准離開署裡。就算記者再怎麼設法訪問官舍，也找不到可以問出情報的對象。就是這種打算。」

南下車，這次盡情地伸了一個懶腰。瑞穗遲了一會兒之後追上他。

虛脫感……。不，是無力感嗎？

瑞穗清楚地體認到，她那拙劣的調查派不上用場。確實如此。只要命令搜查員關禁閉，被挖走獨家新聞的騷動也會平息了。到了明天，情報或許又會洩漏出去，但是至少不會再發生今天所進行的搜查內容隔天早上立刻見報的事了。

重物被移開，胸口突然變輕鬆了。瑞穗這麼覺得。

一點都不適合妳……

她自己也明白，出於對船木的憤怒，她不顧一切地橫衝直撞。但是，就算報了一箭之仇，也無法取回任何自信或尊嚴。

她欺騙了久美子，和冬美的關係也出現裂痕。狩獵魔女。她重新體認這是多麼恐怖的行動。

只是……

被截斷情報來源的風間會怎麼樣？在這個案子裡，他已經贏夠了。不，若不再多贏一點，就無法回東京吧？

無人的官舍。腦海裡描繪著風間敲門採訪的情景，瑞穗小跑步地穿越警署的玄關。

六

杞人憂天。隔天早上，J報又刊載了獨家新聞。風間得分更多了。

「賄選總金額　一千兩百萬圓」

宣導室一早就混亂不堪。「這根本就是勾結嘛！」F日報的脇坂鬼吼鬼叫，完全露出本性。不擅長報導該類案件的電視及通訊社記者們也趁機吵鬧不休。D縣警的宣導在搞什麼？叫有本事從刑事部取得情報的人來做宣傳官！船木半句話都說不出來，等待謾罵的風暴過去，然後把不斷累積的怒火爆發在南組長和音部主任身上。

其他報社也表現出無言的抗議。對於宣導室再三委託報導的交通安全運動首日遊行活動，記者們視而不見。

你們有確實連絡記者嗎？交通部長直接打電話到宣導室。船木慌了手腳，要求音部加洗新聞稿使用的遊行照片，分發給各家報社。即使如此，還是沒有記者肯寫。不，淺川久美子來問過參加遊行的人數，不過船木似乎忍無可忍，威脅著久美子，「今後再也不提供J報任何協助」，把她弄哭了。

然而，在喧嚷聲中，謎題還是沒有解開。

聽說查明賄選金額的總額，是昨晚八點以後的事。而握有這項情報的搜查班人員，直到早報截稿時間的午夜一點以前，都被關在K署二樓的刑事課。那麼J報社，不，風間到底是什麼時候、從哪裡得知賄選金額的呢？

瑞穗在思考，從早上就一直在思考。

她已經沒有心情去模擬調查行動了。但是她想知道。想窺伺風間這個男人身上的謎。這種慾望不斷地膨脹。

船木被刑事部長召喚而離開座位，南伸了一個大懶腰。音部把椅子挪近南的位子。

「組長，這到底是怎麼回事？消息是透過電話流出去的嗎？」

「不，在眾目睽睽下做不到吧！」

「用手機偷傳郵件？」

「嗯！刑事部也在懷疑這一點。好像一早就在調查全員的通話記錄。」

「而且雖說是在辦公室裡關禁閉，還是會出去上廁所，也有記者躲在廁所埋伏，用這種老招數呀！」

「如果進來的人不是提供情報的，那不就被發現了？」

「躲在個室裡，從門縫偷看。」

「人家可是滴水不漏。班長好像命令全員，若是看到個室的門關著，就一定要敲門。」

「原來如此。那果然還是用郵件吧。如果用慣了，好像有人不看畫面，也可以放在口袋裡傳輸。」

「那樣的話，今天就會被揪出來了。」

「可是，就算調查得到通聯記錄，也查不到郵件內容吧？」

「不管怎樣，如果在關禁閉的時段發送郵件，那個人就有嫌疑吧。」

「嗯，照一般推想的話。」

「而且啊，說是消息走漏，多半都是記者每天晚上頻繁地採訪，日子久有了情分，才不小心說溜嘴的，哪有人那麼好心，還特地打電話或傳送郵件，通知記者獨家新聞的？」

「如果是被握有把柄之類的呢？」

「你是說被威脅嗎……。嗯，這也不是不可能……」

「也有可能是班以外的人洩漏的。知道賄賂金額的，應該不只有那些關禁閉的人吧？」

「除了班以外，就只剩下刑事部長跟搜查二課課長吧！」

「搞不好是他們走漏消息的。遠在天邊，近在眼前啊！」

「不巧的是，聽說他們倆昨晚在刑事部長的宿舍下圍棋。」

「咦？」

「刑事部長可能也在懷疑二課課長。」

「原來如此……那邊也關禁閉啊……」

瑞穗一直豎耳傾聽。

她呼吸紊亂，心臟怦怦跳個不停。聽著兩人的對話，她覺得自己知道風間的情報來源是誰了。

到了傍晚，新的情報傳進宣導室。在關禁閉的時段，十二名搜查員都沒有使用手機。不管是通話或電子郵件都沒有。

南與音部百思不解。船木把濕毛巾蓋在眼睛上，整個人癱在椅背上，好像死掉了似地。

瑞穗腦中的插圖進入完工階段。

腦海裡描繪的想像，具體到近乎確信。

七

當天晚上……

距離縣警總部很近的一棟公寓，紅色的CIVIC駛進後面的停車場，已經過了晚上十一點。

引擎熄火，車門打開。大城冬美提著皮包下車。

瑞穗從背後走近。

「晚安。」

冬美嚇了一跳，杏眼圓睜。

「平、平野小姐……？討厭啦，別嚇人呀，害我心臟差點停了。」

雖然露出有些受驚嚇的模樣，但是冬美似乎立刻察覺到女警深夜來訪的目的。

「要去我房間嗎？還是上車？」

「打擾了。」

瑞穗坐進CIVIC的副駕駛座。

「我們繞一繞吧！」

「好。」

冬美駛上馬路。熟睡的商店街，浮現在車燈中。

「好像曝光了！」冬美說道。沒有內疚的樣子。「妳是怎麼知道的？」

「我想，我一開始就這麼懷疑了……」

「女人的第六感？」

「因爲我有點嫉妒。嫉妒風間先生和大城小姐。」

冬美身上傳來淡淡的香味，那是亞蘭德倫的男武者。沾染的香氣，那是男人沾在女人身上的……

互為競爭對手的兩家報社的記者是一對戀人。只要看得出這一點，J報領先的謎團也就自然解開了。

冬美是背後的獨家新聞記者。她從智慧型犯罪組的影山那裡問出搜查情報，再告訴風間。影山也同意這麼做。去年的瀆職案使得影山與冬美的關係受到上面的懷疑，影山面臨了降職的危機。他希望藉由與自己無關的風間連續披露獨家新聞，讓上面把懷疑焦點轉移到其他人身上。

昨晚也是這樣。冬美結束「座談會」之後，上了二樓，躲進女廁所。K署和縣警總部的本廳舍是同時興建的，所以構造相同。廁所的入口處是男女共用，進去之後的前面是男廁，左邊後面是女廁。智慧型犯罪組裡沒有女警，而且K署的女職員晚上都回去了，不用擔心會被發現。冬美在隔牆後面屏息以待，躲過好幾個搜查員之後，終於抓到現身的影山。

不動如山的男性社會。警界就是如此。所以，南和音部連想都沒有想到女廁所。有許多女警和女職員不想在入口或裡面的通道遇到男性，或者是害怕如廁聲音被聽見，特地繞到北廳舍的廁所。男性警員對此並不知情。

車子在無人的官廳街上奔馳。

「大城小姐，我可以問一件事嗎？」

「什麼？」

「做這種事，妳不難過嗎？背叛自己的職責，還把自己挖到的新聞讓給其他報社……為男人……」

「妳是說……供養男人？」

「……」

車內只聽見引擎聲。

「我說啊，」冬美開口。「風間先生不應該埋沒在這種地方。他寫的沖繩報導非常精彩。我第一次看到那麼有深度的報導，眼淚都掉下來了。」

這眞是意料之外的話題。冬美的父親在基地工作。J報的沖繩報導太過激進了，冬美還曾經這麼說。

冬美看透了瑞穗的心事。

「笨蛋。」

「……咦？」

「並沒有！在沖繩，應該沒人眞的認爲有美軍基地比較好吧。」

啊！

「沒錯，我父親也是——妳知道他爲什麼要替我取冬美這個名字嗎？自己到死爲止，都只能在這裡和基地一起活下去，不過，妳要到有冬天的平凡土地生活。我想，我父親是這麼想的。」

「……」

「本地的人是不會瞭解這種情況吧。」

車子駛近公寓。

瑞穗不知如何回應，腦袋一片混亂。愛情……，沖繩……，她被冬美與風間的關係給震懾住了。但是……

下了車的瑞穗，定定地凝視著冬美。

「我還是覺得大城小姐做的事不對。這一點也不適合大城小姐。」

八

無精打采地走在黑暗的夜路上。看得到不遠處女子宿舍的燈光。

她好失望。

風間是從冬美那裡取得情報的。甚至不惜做到這種地步，也要寫出獨家新聞，凱旋回到東京，在組織裡脫穎而出嗎？

風間的生存之道，以及想讓風間這麼活下去的冬美的心，令人傷心。

但是……

如果自己站在冬美的立場，會怎麼做？

或許也會做出同樣的事吧。在焦躁、掙扎、受傷的每一天……，因無法忍受女性在組織中生存的困難，而逃進眼前的愛情，捨棄一切。或許是有的。即使那是一段不被任何人祝福的愛情。

女子宿舍的門禁早就過了。瑞穗悄聲爬上樓梯。門口處放著一只大型信封。

瑞穗感到納悶。不知道那是什麼。

一打開，裡面裝的是破爛的稿紙和圖畫紙。

她「啊！」地輕呼一聲。

「我的夢想是當女警察。我要到小學去教導大家交通規則。因爲，如果有人被車子撞傷，那就不好了。」

她望著圖畫紙。

一個滿臉笑容的女警正在敬禮。

畫得眞好的一幅畫。瑞穗從小就很會畫畫。

她一邊看著作文裡幼稚的筆跡，一邊走進房間。

「然後，我還要抓好多好多壞人。聽說，都市裡住著很多壞人。」

她忍不住噗嗤一笑，躺在床上，唸出聲音。

「女警察好威風好神氣。我將來一定、一定要當女警察。」

裡面附著一封同窗好友們寫的信。

「小瑞不能來，眞是太可惜了！我們把作文一起寄過去給妳。實現當年夢想的，只有小瑞一個人。大家都會爲妳加油的。工作一定很辛苦，不過請保重身體，好好加油喔！」

她又重讀一遍，讀到第三遍的時候，字體變得模糊看不清了。

瑞穗關燈，鑽進被窩。憶起女警敬禮的笑容。半睡半醒之間，瑞穗意識到床底下躺著的素描本。

訣別的春季

一

轉眼間四月也即將結束了。這個時節，有些人會熱得出汗。不例外地，D市的鬧區陷在一片不景氣當中。儘管如此，只有消費便宜的「旋律」卡拉ＯＫ店宛如歡頌春天似地熱鬧非凡。晚上十點。可容納二十人的派對包廂裡，擠滿了明顯超過限定人數的女子，就連平常不太意識到流汗的平野瑞穗，也頻頻用手帕按擦額頭和鼻子。

不，這不只是暑氣或房間的熱氣所致。

「秘書課宣導組的平野巡查……要唱『花』了！」

拍手。歡呼。周圍響起「瑞穗！」的喝采聲。

酒精起了作用，臉和身體都好熱。平常勉強喝得下一杯哈密瓜沙瓦，瑞穗卻卯足了勁續了兩杯。她有點想醉醉看。三月，然後是四月，雖然被稱爲離別與邂逅的季節，但是對瑞穗而言，卻是一個盡是離別的痛苦春季。

她把迴音調大。

「哭吧……笑吧……」

Ｊ報的風間調職到東京。Ｒ報的大城冬美也調動到大阪。「一點都不適合妳。這句話眞不錯呢！」在歡送會上，冬美悄聲這麼說。風間和冬美都是過客，還沒來得及敞開彼此的心胸，就從瑞穗面前消失了。

這些倒還好，最令她震驚的是，同期的田中千惠子突然辭職。從前，瑞穗因為竄改嫌犯素描事件的停職期間，千惠子曾經來看過她好幾次，鼓勵她回來。這個千惠子連理由都沒說，就比瑞穗先脫下女警制服了。不管問她什麼，她都心不在焉，「我累了……」千惠子喃喃吐露的這句話，至今還留在瑞穗的耳邊。

至於瑞穗自己調動的希望並沒有實現，她失望極了。她向上頭提出調回鑑識課老巢的請求，卻很快就被駁回了。與難以作別的人們各分東西，而無法與想要揮手的事物訣別，四月就要結束了。未曾有過的苦澀春季，但是……沒錯，不能一直消沉下去，馬上五月了。初夏……

「總有一……天　總有一……天　花兒會綻放……」

喝醉了，腦子麻痺，眼前的景物也變得扭曲，但是好舒服，偶爾如此也不錯。進入間奏，瑞穗朝拍手的人頻頻拋出飛吻。

包廂較裡面的地方，可說是女警大姊頭的七尾友子正成為另一群人的中心，發表談話。

「總而言之，『婦人』這種叫法太老套了。首先，很多女警都是單身吧！聽說全國警察已經有一半以上把婦人警察官更名為女性警察官了。雖然起步晚，不過我們也開始檢討更名，所以想聽聽大家的意見。」

瑞穗踩著不穩的腳步，闖進談話圈中，手裡還握著麥克風。

「七尾組長……」

「哦，瑞穗。妳心情很好嘛！」

「才不好呢！根本就沒有人在聽我唱歌嘛！」

「有啊有啊！啊，瑞穗呢？妳覺得女性警察官這個稱呼怎麼樣？」

瑞穗挺直了背。雖然自以爲站直了，身體卻搖來晃去的。

「那我當然反對了，我是嚮往婦警才當上婦警的（註）。女性警察官什麼的，呃，女警……簡稱女警是嗎？聽起來好奇怪，我不喜歡，絕對反對，堅決反對，爲了保護婦警我要日夜奮戰！」

瑞穗最後還敬了個禮，大家拍手，捧腹大笑。

遠方傳來消防車的警笛聲。理所當然的，在隔音的包廂中，沒有人會注意到這件事。

二

D縣警總部本廳舍一樓，宣導室……

頭好重。胸口作嘔欲吐。生平第一次的宿醉……自我嫌惡……。

早上七點半。瑞穗打電話到縣下各署，詢問值班時間內發生的案件與事故。聽取概要後，整理在紙上，並貼在記者室的白板上。這份一大早就要做的繁重工作，今早更讓她感覺形同被拷問。

註：日文的女警稱為婦警。

尤其是E署的消息讓她最難受。

連續縱火案……

五個現場的所在地、發生時間、被燒燬的倉庫及機車的苦主、每起案子的燒燬面積、損失金額……。她的太陽穴隱隱作痛，記錄的速度慢了下來，有好幾次很想把原子筆扔出去。大案子。瑞穗依據記錄下來的筆記，開始撰寫給記者的新聞稿之後才清楚地體認到這是個大案子。

不只是昨晚，緊鄰總部所在的D市、管轄八萬人口的E市等三市町村的E署轄內，從二月初起縱火案層出不窮。一開始在北部頻發，然後順著村、町、市南下。至今爲止合計二十八起。不，加上昨晚的五起，已經高達三十三起了。過去，縣內曾經發生過件數如此驚人的連續縱火案嗎？

「喂，聽說又有了？」

到班的南組長連公事包都還沒放好，就跑過來看瑞穗的筆記。

「是的，又多了五起。」

「沒有死人還算好，不過有好幾間民宅也被縱火。照這樣下去，遲早會出現烤鳥。」

烤鳥就是火災屍體。說出火災現場禁忌的行話，南轉而向匆匆跑進來、差點遲到的音部主任又說：「喂，紅貓又出現了。」紅貓、紅狗、紅馬，指的都是縱火。

難道是同一名犯人？

瑞穗拿著新聞稿，一面起身一面想道。鑑識的血液不安分地騷動著……，這麼說是誇張了一點，不過這個案子的確令她非常在意。一個人三十三起。不，一發生案件，每家報紙都大幅報導除了最初的犯案者之外，或許還有模仿犯。

就算是這樣，爲什麼會抓不到？E署動員了全署的警力，持續深夜警戒。聽說機搜隊和警巡隊也指定重點巡邏地區，竭力搜尋犯人。當地居民也無法安眠，每個町會都組織自衛團，徹夜進行巡邏。

瑞穗走出走廊時，有人從辦公室裡叫住了她。

「不好意思，這個也麻煩一下。」

南交給她的，是記載今天預定舉行記者會的便條，有兩張。

「下午一點．搜查一課犯罪被害者支援對策室——關於『民眾諮詢專線』的設立」

「下午三點．地域課——有關連續假期中各地人潮的預估」

隔壁的記者室沒有半個人影。再怎麼說，這是第三十三起縱火案，記者們接到E署的通知後，一定都從本社或分社直接趕往現場。

瑞穗用中性筆在白板上寫下預定記者會，然後在大白板的正中央貼上連續縱火案的新聞稿。她仔細地用手掌撫平紙張的皺褶，再用磁鐵固定四角。

好空虛。

她拚命地記筆記，匆匆地寫好新聞稿，卻沒有人要讀。案子越大，記者們越會親自採訪寫報導。依賴宣導新聞稿的，只有刊在版面一角，記者們戲稱爲「塡空糧草」的小事故而已。

每個部署都盡其所能地努力吧……，甚至得仰賴酒精來激發發奮圖強的心情。不過還是無法持久，想直搗一線現場的心情越來越強烈。

回到宣導室，南與音部還在爭論連續縱火案。瑞穗看看時鐘，八點二十分。已經過了上班時間。

「請問，宣傳官呢……？」

她期待船木請假，音部的回答卻立刻讓她失望。

「哦，他剛才一到就被警務部長叫上去了。」

瑞穗在內心嘆息，回到自己的位子上，開始剪報。

兩個月前，她抱著從高樓跳下的決心，向船木傳達自己希望調動的想法。請讓我回鑑識課的機動鑑識班，我想傾聽案件被害者的話語，繪製嫌犯畫像，我想繼續做這份最適合我的工作……

船木面露青筋，吐露真心話。

「是啦，這個部屬根本不需要什麼女警。要是能把妳調走，我當然也想。可是啊，我要是讓停職半年的女警稱心如意，對其他認真做事的人要怎麼交待？」

當時聽到這番話時的心情此刻又迅速在胸口擴散開來。此時，那個認定瑞穗工作不認真的傢伙粗暴地開門走進來。

瑞穗反射性地低頭。一陣興奮的說話聲在瑞穗的頭上響起。

「平野……妳可高興啦，妳要調部門了。」

咦？

瑞穗抬起頭。船木的笑臉俯視著她。南與音部在背後驚訝地面面相覷。

不合時期規定的配置調動。怎麼可能，眞的嗎？

「這是警務提出的，誰都不能抱怨吧！」

船木的口氣像是不費工夫地趕走了一個麻煩。不過這種事無所謂，問題是地點，到底調去哪裡？難道是鑑識課？

瑞穗站起來。

「調到什麼地方？」

「今天的預定記者會不是寫了嗎？」

船木賣關子地說道。

今天的記者會……。瑞穗一時想不出答案，剛才明明才寫在記者室的白板上，幾乎是無意識地寫著……

瑞穗「啊！」地輕叫一聲。

搜查一課犯罪被害者支援對策室「民眾諮詢專線」……

「那個電話諮詢員。明天開始就過去，地點在搜查一課的分室。」

瑞穗呆立了半晌，然後點點頭。她不知道該不該高興。

接聽被害者來電的諮詢員，這並不是自己期望的外勤工作。不過……沒錯，擔任「嫌犯素描女警」時期的瑞穗，經常是站在被害者這一邊的。

三

隔天早上，瑞穗沒去宣導室，而是直接上了五樓。走廊的盡頭是搜查一課，分室是前面的右邊，門上掛著「犯罪被害者支援對策室」的牌子。這是她第一次走進去。

「打擾了！」

開門的一瞬間，瑞穗懷疑自己所看到的，這裡比狹窄的宣導室更小。辦公桌和寄物櫃各四個、電話兩具。只有這樣。沒有沙發、電視，也沒有傳眞機。

「嚇到了吧？沒辦法，這是一課的置物間改造的房間啊！」

代理室長田丸三郎說道。他是室長兼搜查一課課長，不過這只是對外的說法，這位四十五歲、寡言木訥的警部，是這間辦公室的實際負責人。瑞穗從南那裡聽說，這個人曾經有很長一段時間擔任竊盜組的刑警。田丸底下還有兩名室員，雖然現在還沒出現，不過其中一名是和瑞穗同期的香山夏樹……。

「我是平野，請多多指教。」

瑞穗端正地敬禮，但是剛上任的幹勁和氣概都顯得薄弱無比。接聽民眾來電有關犯罪被害者的各種問題，給予適切的建議。在昨天的記者會上，搜查一課課長熱情地這麼解說，儘管她瞭解其中的旨趣，卻沒有眞實感。

瑞穗的身份還是秘書課員。這個曖昧的調動，可以視爲電話諮詢服務成立的支援或派遣，宣導室忙碌的時候也必須回去幫忙。船木對南和音部表達了這麼自私的解釋。

瑞穗再次掃視辦公室內。不管怎樣，總算離開宣導室了。從今天起，這裡就是自己的工作場所。聽說除了瑞穗以外，曾經擔任「青少年諮詢專線」諮詢員的首席輔導員井田加代子，等到少年課的工作告一段落也將加入行列。

猶豫了一下，瑞穗決定省去「代理」的稱呼。

「室長……我目前應該做什麼？」

田丸在辦公桌上攤開早報。「對策室新設電話諮詢專線」、「連續假期結束後開始運作」。中間隔著黃金週（註），在諮詢工作開始之前，還有十天左右的準備期。

「說得也是。妳就暫時讀一下支援對策的概要好了。」

田丸抓出架上的檔案夾時，傳來開門的聲音。來了，是香山夏樹。

「哇！好高興！瑞穗，我一直在等妳耶……」

夏樹發出尖叫，興奮得幾乎要抱住瑞穗。

「對了，妳們兩個是同期嘛！」

「是啊！」

兩人同時回答，不過瑞穗的聲音小得幾乎聽不見。當然，她知道會在這個辦公室遇到夏樹，也已經有了心理準備，但是實際上見到面還是無法保持平常心。

註：日本每年從四月末到五月初的連續假期。

是因爲從單獨和新人相處的尷尬中解脫而鬆了一口氣嗎？田丸的口氣一轉，變得快活爽朗。

「對了、對了，聽說平野會喝酒也會唱歌呢！好像一喝醉就變了一個人似的！咱們今天就來辦一場迎新怎麼樣？」

瑞穗瞄了一眼夏樹。她一臉笑咪咪的。前天的聚會，夏樹也在。不，應該說一開始就是以夏樹的生日派對爲名目，七尾組長打電話連絡大家參加的。七尾很公平，不管對任何一位女警都一視同仁。這件事有時候會讓瑞穗感到輕微的嫉妒，然後忍不住揣測，七尾對我好、誠懇地傾聽我的煩惱，是不是也是她統率四十七名女警的人事管理術？夏樹在女警之間的風評壞到瑞穗忍不住要這麼揣測。如果不是七尾打電話連絡，一定沒有人肯給夏樹面子的。

夏樹把情報當成玩具。她以天生平易近人的個性接近對方，使其放心、疏忽，誘導對方說出實話，然後把獲得的情報，加工成對自己有利的形式，選擇最有效的時機及對象傳出去。

大家都說瑞穗是最倒楣的犧牲者。或許眞是如此。在警校時代，她們也是室友，瑞穗對夏樹推心置腹。

「瑞穗，妳今天跑馬拉松好像很累喔？」

「嗯，肚子有點痛。」

「這樣啊。怎不早說？」

「我不喜歡被人家說成裝病，再過三個月就要畢業了，我得加油才行。可是，我好討厭跑馬拉松喔！有時候好想逃走。」

這件事傳進了教官的耳裡。「我很擔心瑞穗……」佯裝爲朋友著想的夏樹，和心儀的教官共享兩人獨處的時光。瑞穗的「肚子痛」變成「她好像有很多事瞞著別人……」，「不想被別人認爲是裝病」被解釋成「好像無論如何都沒辦法對教官敞開心房」。「我要加油」被忽略得無影無蹤，「好想逃走」被大肆強調。然後，夏樹淚眼汪汪地說：「瑞穗是我無可取代的好朋友，我會好好地支持她。」

若問瑞穗的內心是否完全沒有這一面，她無法回答。不過，她還是覺得夏樹的行爲異常，每件事最後都變成這個樣子。任何情報只要經過她的濾網，就會任意扭曲、改變形狀之後再被釋放出來。但是，由於並不是完全扯謊，所以夏樹的眞面目經過三、四年之後才傳遍各處。依照某女警的說法，夏樹在嚴格的公務員家庭中成長，所以沒辦法扯謊。然而，她有著比別人更強烈的自戀，爲了裝扮更完美的自己，自然學會那種情報加工術……

「吶，瑞穗，調動的感想呢？」

瑞穗回過神來，轉向聲音的方向。

「啊，我還完全搞不清楚……」

連回答也得小心。夏樹甚至讓瑞穗養成了事後檢視回答內容的習慣。

「什麼事都可以問我喔！啊，不過我是執行部隊，瑞穗是電話諮詢，有點不一樣。」

「嗯……麻煩妳了。」

「室長，我去一下那宗傷害案的被害者那邊，他想知道審判的程序。」

夏樹一出房間，田丸的爽朗就像一場騙局似地頓時煙消霧散，甚至看起來有點頹喪。以夏樹而言，想要偷走這位竊盜組前刑警的心根本不費吹灰之力。

隨你們吧！

瑞穗轉換思緒。

不管在哪個部署都要盡力工作，她這麼警惕自己，深深地吸氣。

瑞穗在位子上坐好，打開田丸剛才交給她的檔案夾。

犯罪被害者支援對策。基本的想法是這樣的。「不只是致力於搜查，還要站在被害者的立場，支援他們從傷害中重新站起來，這也是警察官重要的任務。」具體的作法複雜而多樣化。以被害者的心理復健爲首，提供搜查狀況及犯人的處分結果等相關情報、犯罪被害給付制度、爲了防止犯人報復的安全確保對策等等……

她也瀏覽了其他縣警的資料。D縣警在這方面似乎落後許多，室員人數少，也沒有專任的諮詢師。其他像是與政府機關或民間的被害者支援團體等組織的合作也不完善。她看出來了，「民眾諮詢專線」的設置太唐突了，可以推測八成是遭到警察廳斥責，才緊急成立這個不花錢也不花時間的電話諮詢事業。但是……

箇中緣由姑且不論，有成立總是聊勝於無。瑞穗這麼想。

「室長……」

「什麼？」

「諮詢專用的直撥電話什麼時候會裝好？」

「已經安排了，我想大概明天會過來裝吧。」

「諮詢也接受匿名者吧？」

「嗯，這是重點，就算我們在這裡呼籲要保護民眾，但是性犯罪之類的被害者還是不願意拋頭露面。」

從田丸口中聽到預想中的答案，瑞穗深深地點頭。只要和外頭的朋友聊一聊就知道了，警察好可怕，不敢跨進去，不想接受警察的關照。言盡於此。不管被害者有多麼痛苦，只要說到上警局，還是會有許多人猶豫不決吧。

可是……沒錯，如果是匿名電話就可行多了。

「不過，嗯，要是對方在電話中主動報上姓名，就通知我一下。如果有需要，室員可以前往處理。」

「我知道了。」

瑞穗回答，視線再度落在檔案上。

瑞穗桌上的電話響了。她反射性地拿起話筒，接線生告知是外線。

「好的，麻煩你。」

不久，細微的女聲傳了過來。

「那個……請問是民眾諮詢專線嗎？」

「喂？」

一時之間，瑞穗搞不清楚狀況。

「我在報上看到的……。聽說你們不管什麼事都可以商量……」

瑞穗差點叫出聲來。

對方瀏看了「連續假期結束後開始運作」而打來了。接線生一定認爲這是對策室的工作，所以才轉接過來的。

「有諮詢電話了。」

瑞穗按住話筒低聲對田丸說道，再把話筒湊近耳朵。

她還沒做好心理準備。但是，諮詢者現在正在話筒彼端，聲音聽起來大約十五到二十歲左右，充滿了恐懼。只能試試看了……

瑞穗吞了吞口水。

開朗地，對，要表現得開朗。

「敝姓平野……請問有什麼問題？」

「呃、我……我的名字……」

「啊，沒關係。如果妳想匿名也無妨。」

她想，總算順利地說出口了。對方低沉的聲音傳進了瑞穗耳裡。

「我好怕。」

「咦？」

「我一定會被燒死……」

話語鑿進瑞穗的腦袋裡。

被燒死……？

不尋常。沒想到一開始就接到這種諮詢電話。

冷靜下來。瑞穗告誡自己並反問對方。

「怎麼回事？請說詳細一點。」

「越來越近了……。家裡一定又會被放火……想到這裡，我就好怕……」

放火……？

聽到關鍵字，瑞穗的腦筋一口氣動了起來。越來越近。一定是指E署轄區內的連續縱火案。從北往南。昨晚終於在E市內發生了五起。

「難道妳住在E市嗎？」

「……」

不行。明明告訴對方可以匿名，自己卻不小心探問起對方的來歷。這麼想已經太遲了。

電話掛斷了。

「喂……喂！」

瑞穗不斷地呼喚。對方的話在腦海裡盤旋。

家裡又會被放火……

此刻，瑞穗感覺緊握話筒的手掌充滿了平常不會意識到的汗水。

四

之後，那個女孩再也沒有打電話進來了。

瑞穗從第一天就開始加班，一直等到深夜，始終沒有接到她的電話。六點一過，另一位室員江藤康雄回到辦公室，對她說「這是常有的事，用不著介意」，但是瑞穗還是沒有心情下班回家。

離開辦公室時，已經是第二天凌晨了。她對總機室的值班員說明緣由，如果接到疑似她說的年輕女性來電，就把女子宿舍的號碼轉告對方，然後離開總部。

就算回到宿舍也睡不著。

她懊悔極了。爲什麼會說出那種刺探性的話？女孩的聲音聽起來很害怕，恐怕她身邊沒有任何商量的對象，她看了報紙，所以抱著求救的心情打電話來。一定是這樣的。

那也是一通隱藏著現實危機的電話。

家裡又會被放火……

這代表她以前也有過被縱火的經驗，而她現在害怕又會發生。根據情況，或許她知道犯人是誰，這與E署轄區內的連續縱火案有關嗎？

隔天、再隔天，女孩都沒有打電話來。

大型連休開始了。瑞穗連日到對策室上班，在接到那名女孩的電話之前，她決定不休假。

午餐和晚餐也在辦公室解決，連離座上廁所都用衝的經過走廊。

連休第三天。瑞穗的神經差不多快要繃斷的那天傍晚，接線生轉進一通外線。

來了！

瑞穗緊張地心臟怦怦跳。她的胸口，充塞著各種爲對方設想的話語，幾乎滿溢而出。

首先……對，清楚地這麼說。

「喂，這裡是民眾諮詢專線。」

爲了她，諮詢事業比正式營運時間提早了三天開放。

「啊……」

好像受驚的聲音。

「等一下、不要掛。」

「……」

「我一直在等妳的電話，拜託妳不要掛！」

「……」

「不能跟我說嗎？是不是因爲我之前問了奇怪的問題？現在我什麼都不問，只聽妳說，所以……」

「不是的……」

「咦？」

「我嚇一跳，以爲現在是連休，沒有人在，所以才打的……。沒想到平野小姐會接電話……」

她胸口一熱。對方竟然記得她的姓氏。

「所以我說啦！我一直在等妳的電話。」

「謝謝……」

雖然聲音還是一樣細微，不過感覺比上次冷靜了一點。

話雖如此，要突然切入正題，還是讓瑞穗有點猶豫。

「妳有什麼問題都可以商量，妳想說什麼就說，如果需要幫忙的話就告訴我。別看我這樣，我也是很強悍的。雖然沒有小柔（註）那麼厲害，不過我也會柔道和合氣道。」

覺得話筒彼端好像傳來「咯咯」的笑聲。

「啊，看我把自己說得像個大姊似的，妳不介意吧？我二十三歲。啊，妳不用說也沒關係。」

這次確實傳來了輕笑聲。

「我二十歲，平野小姐可以當姊姊。」

以二十歲來說，電話中聽起來的印象更為幼稚。不，心存恐懼的人都是這樣。因為依賴心變強了，所以感覺連外表和說話語氣都有點撒嬌。

三十分鐘、一小時，兩人漫無目的地閒聊。瑞穗把自己在卡拉ＯＫ唱「花」的趣事說給對方聽。即使身為女警，一旦脫下制服也只是個年輕女孩，瑞穗想這麼告訴她。對方興奮地說，

「我也好喜歡那首歌」。

兩人滔滔不絕的兩個小時之中，瑞穗終究沒有提到縱火案。她想，如果危險迫在眉睫，對方應該會主動說出來。

家裡又會被放火……

當然，這句話一直盤據在她腦袋的一隅。可是，或許這只是對方的妄想，或許她家以前眞的被放過火，而這次的連續縱火騷動喚醒了那段恐怖的記憶。若是這樣，瑞穗提起縱火案可能只會引起對方的不安。

「聊這麼久，沒關係嗎？」

「沒關係啦！反正我也很閒。難得連休也沒人約我。」

對方發出今天最開朗的笑聲，過了一會兒之後，有點難爲情地說了。

「平野小姐，我可以再打電話來嗎？」

「當然，隨時都可以。啊，晚上打到我的宿舍，我把號碼告訴妳。有沒有紙筆？」

結束這段對話後，對方的聲音變得有點嚴肅。

「呃……我叫詩織。」

瑞穗覺得心裡飄飄然。

「謝謝妳告訴我。好美的名字。」

「我才要謝謝妳，上一次我好像情緒有點不穩……」

註：浦澤直樹的漫畫作品《以柔克剛》的女主角。

「現在沒問題了嗎？」

「嗯！可是，有時候還是會覺得好可怕。以前我家被放火，我爸媽都……」

這一瞬間，瑞穗原本放鬆的心又被緊緊揪住了。

因爲縱火，失去了雙親……

好幾個問題浮上心頭，但是瑞穗還是嚥回了喉嚨。

詩織沉默著。

「詩織小姐，妳沒事吧？」

「沒事才怪……」

變成了哭聲。

「那是我剛上小學時發生的……。叔叔……把爸爸媽媽……」

放火殺人……

「我只是想要有人聽我說……，對不起……」

電話掛斷了。

瑞穗癱在椅子上好一陣子。

怎麼辦？

等電話嗎？不，她不會馬上就打來吧。那樣的話……

瑞穗離開房間，一口氣跑到一樓，進入宣導室，打開寄物櫃抓出以前的報紙剪報。詩織現在二十歲。事件是她小學一年級……六歲的時候發生的，也就是十四年前。不，範圍可以縮得更小。剛上小學時。詩織的確是這麼說的。是四月。

有了！社會版的頭條報導。

「遺產糾紛．放火殺人」、「夫婦葬身火窟」、「詩織小朋友被平安救出」……

光看標題，瑞穗就覺得心痛。是眞的。詩織年僅六歲的時候，父母就被燒死了。

太殘酷了……

瑞穗盯著這篇報導。

概要如下：深夜一點左右，上班族中嶋正一位於E市內的住家二樓竄出火苗。消防隊全力搶救，卻徒勞無功，二樓全部遭到燒燬，在火災現場中發現中嶋與妻子須美子的遺體。在一樓兒童房睡覺的獨生女詩織則被平安救出。

二樓沒有火源，中嶋也不抽菸，疑似縱火的成分濃厚。滅火一個小時之後，住在同一個建地內的別館的中嶋胞弟健二被警方帶往E署約談。健二的雙手受到燒傷。他們兄弟之間爲了遺產問題，曾經發生爭執，在警方逼問之下，健二坦承犯案。此外，還有決定性的目擊證詞，半夜醒來的詩織，看到健二走上二樓。

瑞穗看到了盤踞在詩織內心的恐懼根源。

由於詩織的證詞，健二遭到逮捕，她害怕健二報復，害怕自己會被燒死。詩織想這麼告訴瑞穗。

瑞穗凝視半空中。

放火殺人，而且燒死了兩個人。如果是這樣，就算被判死刑也不奇怪。瑞穗帶著複雜的心情，又開始翻找寄物櫃，的確是放在這裡，收集了當地E日報過去重大案件始末的小冊子……

馬上就找到了，瑞穗急忙翻頁。

是這個。

「E市內的縱火殺人案——一審。無期徒刑（求處死刑）。檢方不服量刑，提出上訴，遭到駁回。判刑確定。」

瑞穗受到震撼。

是無期徒刑。案發之後過了十四年……

中嶋健二可能已經假釋出獄了。

五

回到宿舍時，已經過十一點了。

瑞穗非常擔心。

之後，她打電話給代理室長田丸。在被害者對策的主軸中有一項「連絡制度」。如果被害者或遺族提出要求，僅限於重大案件，警方可以告知搜查狀況或犯人的起訴、不起訴等處分結果。瑞穗提議：進一步運用該系統，在這起報復危險性高的案件裡應該通知詩織中嶋健二是否已經出獄。

田丸表示會向上級反應。他認爲儘管這項提議會通過，不過受刑人也有人權與隱私權。警察廳與法務省之間可能需要協議。

要是那樣的話，不就得等到連休結束之後嗎？瑞穗不肯罷休，不過這畢竟不是一介警部的田丸能夠解決的問題。

瑞穗躺在床上。

找搜查一課的課長直接談判嗎？不，就算課長承諾，姑且不管警察廳，法務省也不可能在連休假期上班。

怎麼辦才好？

她一個翻身，此時，牆上的內線電話響了。

「瑞穗，一定是妳說的那個女孩打來了。」

舍監的聲音很緊急。瑞穗跟她提過，或許半夜會有緊急電話打來。

「喂？」

她一面接電話，一面望向鬧鐘。十一點四十五分。

詩織還沒出聲，刺耳的警笛聲便傳進耳朵。

消防車的警笛聲。難道……

「救我！」

「發生了什麼事?!」

瑞穗也叫了出來。

「好可怕……好可怕！拜託，救救我！失火了……就在旁邊！」

第三十四起縱火案襲擊詩織！

「知道了！我馬上過去，告訴我地點。妳先逃到安全的地方，知道嗎？」

「好……」

瑞穗握住字跡潦草的便條紙，衝出宿舍。E市北邊郊區的公寓，距離詩織以前住的地方並不遠。

車子在縣道上奔馳，半路被消防車追過了。是從D市消防總部趕來的支援。這樣看來，火勢相當猛烈。

救救我……詩織的叫聲在耳中迴響。

瑞穗點點頭，用力踩下油門，緊追著前方的消防車，車間距離縮小，和消防車一起闖過紅燈。沒關係！就算被捕也無所謂。

平常要花上三十分鐘才到得了，瑞穗以一半的時間進入E市。看到了！遠處的天空一片火紅。

五分鐘後，瑞穗抵達現場附近，只見民宅熊熊地燃燒著，而且不只一戶起火。黑煙衝上天際，巨大的火焰如波浪般往天空及四周擺盪。紅貓這個稱呼實在貼切。火苗四竄的景象，彷彿一隻全身毛髮倒豎的貓瘋狂咆哮。路上擠滿了看熱鬧的人，消防車大批出動，警車也接二連三趕到，消防隊與警察的無線電簡直像吵架般交錯，在這種情況下實在難以接近現場。

瑞穗丟下車子，以近乎吼叫的聲音朝著圍觀群眾四處詢問公寓的位置，問出了大概地點就跑了出去。

她不擅長跑馬拉松，可是還是努力跑過去。眞是太好了。她之所以會這麼想，是因爲在奔跑途中注意到這條路與火災方向有些微差距。

「松坂大廈」……

她一眼就認出中嶋詩織。二樓右端的窗戶，一個女人用窗簾遮住半身，失了魂似地凝視著火災方向。短髮。圓臉。眼睛睜得老大。

「我來了！」

瑞穗朝她叫了一聲，跑上樓梯。才握住門把，卻被另一道力量轉開，穿著睡衣的詩織出現了。她一臉蒼白，撲倒似地抱住瑞穗，全身微微發抖。

「已經不要緊了，進去吧。」

瑞穗柔聲說道，扶住詩織的身體。背部的睡衣被撩起，瑞穗的手觸摸到詩織的皮膚，差點叫出聲來。她觸摸到的皮膚一點也不平滑，感覺有一大片範圍皺縮變形。是十四年前被火燒傷的痕跡吧！瑞穗沒有移開手，一邊安撫著詩織，慢慢地把她帶進房間。

這是間約八疊大的單人房。兩人在床上坐下。詩織依然緊抓著瑞穗不放。

「對不起……」

「沒關係。」

「我通通告訴妳……實情……」

「不用勉強。我看過當時的報紙了……妳一定很痛苦吧。」

詩織發出嗚咽聲。

陪伴在對方身邊是很重要的，她在擔任「嫌犯素描女警」時期也這麼感覺。她奉命從被輪暴的少女口中問出嫌犯的特徵，花了八個小時才完成嫌犯素描，但動筆時間其實只有一個小時，剩下的七個小時，她只是摟著少女的肩膀。

「叔叔叫我保密……」

詩織在瑞穗的懷裡喃喃自語。

「保密？」

「發生火災之後……他在路邊揪著我的胸口，表情非常恐怖，警告我絕對不能說出去……」

原來如此。明明被警告，詩識卻還是把中嶋健二走上二樓的線索告訴警察，所以她才會這麼害怕。

「吶，平野小姐，告訴我。我叔叔應該已經出獄了吧……」

瑞穗難以回答，本來想說還沒出來，讓詩織放心，但是這可不能用謊話搪塞。

「現在正在請人調查。一知道結果，我會連絡妳。」

「……」

「放心！我會加洗妳叔叔的照片發給警署和派出所。而且我也會陪著妳啊……對不對？」

「嗯……」

詩織好像總算平靜下來。

瑞穗重新掃視房間，不用說明也看得出詩織的工作和服飾有關。桌上擺著電動縫紉機、縫紉剪、針插、卷尺，還有不知是不是叫做「人台」的人形模特兒，肩口披著數種顏色的布料，整面牆壁貼滿了洋裝的設計圖，非常華麗。

瑞穗望著詩織的側臉。

「吶，我可以問嗎？」

「什麼？」

「妳是設計師嗎？」

詩織微笑。

「總有一天，我想當上設計師。我現在是打版師，幫忙前輩創立的個人品牌。」

「妳一定可以的，設計得非常棒呢！」

也許詩織從瑞穗的口氣裡聽出來了。

「平野小姐也在做設計工作嗎？」

「不是，我是畫人像素描。聽被害者的描述，畫出嫌犯的畫像。」

瑞穗說是說了，但擔心是否太過於刺激，不過詩織卻意外地很感興趣。

「哦？好棒！我也想看看！」

「可是最近已經沒在畫了，因爲調了部門。」

「唉！好無聊。」

詩識撒嬌似地說完，想了一會兒，一臉認眞地看著瑞穗。

「我可以請妳畫叔叔的畫像嗎？」

「咦？」

出乎意料之外的請求。

「叔叔也是刑案的犯人吧？」

「可是，已經有照片了……」

「拜託妳，我想請妳畫。」

瑞穗困惑了。

這麼做不要緊嗎？嫌犯的人像素描與其說是瑞穗在畫，倒不如說是被害者自己畫的。追溯令人生厭的記憶，回想犯人可恨的嘴臉，然後，被害者必須正視犯人的面容逐漸完成的過程。絕不原諒犯案者。若是沒有如此堅定的決心或復仇的意志，絕對無法承受這項作業。

更何況是那樣的事件。中嶋健二是燒死雙親的兇手。如果現在繪製嫌犯的畫像，對於詩織的精神狀況會不會造成危險？

瑞穗也有所疑慮。

爲了捏造出迎合媒體的「立功女警」，她把原本一點都不像的嫌犯素描重新畫過。背叛自己職務的內疚，破壞了內心的平衡，瑞穗停職了半年。之後，她有一年多都沒再拿過４Ｂ鉛筆。

「拜託妳。」

詩織遞出素描簿。

瑞穗一驚。那本素描簿，和躺在宿舍床底下的那本是相同牌子。

她想畫。

慾望猛地膨脹起來，瑞穗就這樣接過簿子，拿起4B鉛筆，筆立刻與她的手合而爲一。似乎還能畫。不，是她想畫畫看。

瑞穗下了決心，注視著詩織。

「其實……」

瑞穗把自己竄改嫌犯素描而停職的原委告訴詩織。她知道這麼做違反了保密義務，但是既然要畫，那就是工作。她認爲自己應該把私人情感全部掏空，讓心恢復成白紙，然後重新面對素描簿。

詩織點頭、思考，有時噙著淚水，傾聽瑞穗的故事。

「我說到這裡，接下來就看詩織小姐了，眞的不要緊嗎？」

「不要緊。」

「要是畫到一半覺得難過就告訴我，我會馬上停筆。好嗎？」

「我知道！要是那樣的話，我會說的。」

原本只給人一種弱小動物印象的詩織，應該說是倔強還是有骨氣？瑞穗覺得看到了詩織展現出之前沒有的人格特質。

瑞穗深吸一口氣，然後緩緩吐出。

試試看吧。一定辦得到的，她在心中默念，再次拿起鉛筆和素描簿。

「首先是臉的輪廓。」

「圓的，不是正圓，不過蠻接近的。」

照著詩織所說的，動起鉛筆，沒有半點畫圖的喜悅，這件事讓瑞穗感到安心，這是職務。她很清楚地自覺。

「眉毛呢？」

也沒有刻板印象，她曾經在宣導室看到中嶋健二登在報上的照片，不過已經完全將印象從腦中排除。瑞穗專心聆聽詩織的說明，身上所有的神經集中在鉛筆芯畫出的每一條線。她忘了時間。

周遭的聲音也都消失了。

瑞穗輕輕放下鉛筆。

一張素描完成了。那是眼神平靜安祥的臉。

「一模一樣，眞的……」

詩織一臉佩服地說道。

不管怎麼看，這都不像是燒死兩個人的凶惡犯人的臉，眞的像嗎？瑞穗全身充滿了疲倦感，心裡泛起一絲懷疑。

六

用不著詢問警察廳或法務省，瑞穗輕易得知中嶋健二的「下場」。

次日下午，瑞穗前往縣警退休警察石川滿男的住宅拜訪。因爲稍早代理室長田丸來電告知，此人正是當時調查中嶋案的負責人。

「中嶋健二已經死了。」

石川劈頭就說。

中嶋健二在東北的監獄服刑後不久，就在牢房裡上吊自殺了，並沒有留下遺書。

這個事實令瑞穗驚愕，但同時也感到放心。雖然轉告詩織時必須小心，不過如果她知道這個事實，籠罩在她內心的那股不安一定會一掃而空吧。

「請問，石川先生……」

瑞穗決定說出自己在意的事。

「犯案手法是縱火……而且害死了兩個人，爲什麼中嶋健二沒有被判死刑？」

「法官已經酌情量刑了。」

石川的口吻像是在回溯記憶。

「對，我記得被殺的哥哥是個蠻過分的傢伙。他謊稱沒錢還債，要健二放棄應得的那份遺產，實際上卻拿那些錢買進口車，整天賭博。健二若有抱怨就拳腳相向。這種情形，法官也很難判死刑吧。」

瑞穗輕輕點頭，腦海裡浮現昨晚畫的犯人素描。平靜的表情，平常的健二或許就是那個樣子。

「但是……明明只被判了無期徒刑，爲什麼要自殺呢？」

「這我就不曉得了。只是……」

石川望著遠方繼續說道。

「判決之後過了很久我才聽說的，中嶋健二和嫂子好像有一腿。」

「咦……？」

「聽說好像在結婚之前就有交往的樣子。」

「那、那樣的話……」

不只是遺產繼承問題，也可能是三角關係引發的縱火殺人！

瑞穗呑回這個推論。因爲她從石川的側臉讀到些許遺憾的神情。身爲搜查負責人，他以爲自己已經解明了事件的全貌，後來卻得知並非如此，而且唯一知道眞相的中嶋健二已經自殺了。石川離開警界之後，直到現在一定還感到胸口壓著一塊悔恨的巨石。

「那麼，妳說那孩子怎麼了？」

石川轉頭問瑞穗。

「一定很辛苦吧！不管怎麼說，一口氣失去了雙親和叔叔，變成無依無靠的孤兒。她被送到育幼院，我也去看過幾次……」

「她很努力。她說她想成爲設計師。」

「這樣……這樣啊……」

石川笑開了。然而笑容並沒有持續，充滿陰影的雙眼又望向遠方。石川沉默不語，彷彿已經下了決心，築起一道無形的拒絕之牆，催促瑞穗回去。

就算對方表現出那樣的態度，瑞穗也沒有立刻起身。

她的腦袋裡有些混亂。石川凝視著瑞穗看不見的東西。她不禁這麼想，也把視線投向石川注視的方向。

七

已經下午三點多了。

瑞穗離開石川家，往D市的反方向駛去。上個月離職的田中千惠子的老家離這裡不遠。她離開宿舍時，就決定在回程繞過去看看。瑞穗還沒聽說千惠子辭職的理由，這件事一直讓她耿耿於懷。

她途中幾次停車，打電話到詩織的公寓。瑞穗還是覺得應該盡早把這個事實通知她，讓她放心。

詩織不在，手機也不通。明天就是連休的最後一天了，詩織應該出去玩了，瑞穗卻無法消除心中微微的不安。中嶋健二已經死了。不可能再襲擊詩織了。然而，聽過了石川的話以後，一股不祥的預感似乎越來越強烈。「傍晚時，我會在對策室，打電話給我。」她在詩織的手機裡留言，發動車子。

接著，不到五分鐘的時間，她抵達一棟院子裡有玫瑰拱門的淺咖啡色兩層樓住宅。

「來，快進來，快進來。」

意外地，田中千惠子以極其開朗的表情出來迎接。瑞穗是來鼓勵她的，因爲是帶著這樣的心情，所以有點吃驚。「我累了……」一個月前的千惠子，消沉得讓人連打招呼都會猶豫。

瑞穗被帶到二樓的六疊大房間，裡面亂七八糟。如果警校的教官看到這種場面一定會氣昏。

「咦，千惠子，妳在唸英文呀？」

桌上攤著英文教科書。

「嗯，我決定什麼都來試一下，我也做了很多事喔，像是插花和記帳，對了！我還申請了空大。」

「好厲害！千惠子以前有這麼用功嗎？我記得妳時事方面的素養完全不行嘛。」

「好過分！瑞穗自己還不是補考過刑訴法，我記得妳當時哭著去考試哩。」

瑞穗笑著，猶豫是否該問千惠子辭職的理由，但又覺得沒有必要舊事重提，千惠子看起來不要緊。她的個性原本就比任何人都開朗積極。

千惠子的母親笑盈盈地端來紅茶。父母都反對女兒當女警，所以，看樣子這個二十三歲的無業女兒在家裡至少沒被當作包袱。

母親離開之後，千惠子在床上盤腿而坐。

「瑞穗現在在幹嘛？還在宣導室嗎？」

「不是，又換了。現在是被害者對策的電話諮詢員。不過，連假結束之後才開始調任。」

「哦！或許很適合妳。」

「妳這麼覺得？」

「是啊、是啊。總覺得只要待在瑞穗身邊就能得到安慰。」

「這樣啊。」

「嗯，可是……」

千惠子的臉色暗了下來。

「最好不要太投入。」

「咦？」

「反正只是又會被隨意差遣。」

如果身爲女警，聽到這句話就懂了。

七尾組長也常這麼說。確實，對於組織而言，女警一直被活用在各種方面。開始錄用之初，女警的任務是軟化警察形象的吉祥物女郎。而社會一旦進入「交通戰國期」，女警就被集中派任到交通部門；當輿論韃伐少年犯罪率提高時，她們又被一股腦地送進防犯部門。女警的作用只是任憑各種不同時期的各種不同社會風氣擺佈，組織完全不顧每個女警的性向或能力，單純地視她們爲充人數的人員。

「我這麼說不只是針對組織，而且這不只是女警的問題，我覺得警察這份工作只不過是被市民差遣來差遣去罷了，什麼麻煩都推給警察，警察也得照樣配合，妳們的被害者對策不也是這樣嗎？那是警察該做的事嗎？妳們哪有時間管那種事啊，每個部署根本就人手不足了。」

瑞穗一時無法反駁。千惠子說得確實切中要害，但是……

「我覺得市民會依賴警察也是無可厚非，因爲這個世界變得越來越糟糕啦。」

瑞穗勉強擠出這句話，千惠子的反擊卻猛烈無比。

「看來瑞穗一點都不明白。妳以爲我在Q署做什麼？我待在某個『申訴順應組』。」

瑞穗也聽說過這種實驗性質的小組。

「早上一大早的工作呢，就是清掃飆車族在半夜用噴漆塗鴉的廁所牆壁與圍欄。就連附近居民亂丟垃圾的糾紛、夫妻吵架、鋼琴噪音等等芝麻小事，只要有人通報，通通都要趕到現場。上級說這是防止犯罪於未然，也是人民對於今後警察形象的要求。可是不可能全部都做到啊！以前不是說不干預民事嗎？我們那時候確實沒學過這些啊。可是照這樣下去，根本沒完沒了啊。我已經受不了啦，我決定爲自己而活，所以才開始唸書。不是爲了那些任性又處處刁難的人，而是爲了我自己。」

千惠子的眼眶紅了。

「我很後悔以前阻止妳辭職，現在妳最好也再考慮一下。警察只要負責逮捕罪犯，維護治安，其他就是別人的工作。爲什麼警察還要設想被害者的事？」

瑞穗沉默不語。她受到好大的打擊，也好傷心，沒想到短短一個月以前還在一起工作的千惠子，竟然會說出這種話。

她的腦海裡浮現詩織的臉。

「可是我沒辦法坐視不管……」

「瑞穗……」

「不是那樣嗎？如果有人向我求救，我總不能不管啊！」

「妳手上是不是已經有什麼案子？」

「嗯……」

「是什麼樣的人？他希望瑞穗能爲他做些什麼？」

「這……」

瑞穗支吾起來。

就算對方是千惠子，但是一旦脫下制服就是外人了。她不能把職務上的事情告訴對方。

千惠子似乎看出瑞穗的想法。她板著臉孔凝視瑞穗。

「對不起，我得走了。」

瑞穗起身。

「千惠子，要保重喔。我也會好好加油的。」

千惠子沒有送她。

千惠子開始步上人生不同的道路，或許再也見不到面了。訣別……，今年的春天太痛苦了。瑞穗消沉的心這麼想道。

八

瑞穗五點以前抵達了縣警總部。

她在停車場看到南組長和音部主任的車。她瞄了一下宣導室，只見兩人正忙著打電話連絡各媒體。聽說是抓到連續縱火案的犯人了。

「還是消防隊隊員咧，一邊巡邏一邊放火搞什麼東西啊，難怪抓不到！」

「眞是個自導自演的混帳，開什麼玩笑！」

像是要發洩假日出勤的怨氣似地，兩人你一言我一語地咒罵犯人。

瑞穗望著新聞稿。

上面寫著，是搜查一課發現嫌犯的。在有縱火嫌疑的火災現場確認圍觀群眾的照片是搜查的常規。在許多案例中，犯人以縱火爲樂，通常會混進看熱鬧的人群中興奮地望著自己放的火熊熊燃燒。這就是拍攝現場照片的目的。

犯人果然上鉤了。事實上，在至今爲止的三十四起縱火案的現場中，有二十一個地點拍到同一個男人。由於他是消防隊隊員，在現場出現一點也不奇怪。不過，就連他所屬的消防隊未出動的遠處現場，他也三次出現在看熱鬧的人群中。

樓。

「我來幫忙。」

瑞穗總不能視若無睹地走開，於是幫忙處理一些雜務，等到事情告一個段落，便上了五

一進入對策室，她就打電話給詩織。還是電話留言。六點十分。她到底去哪裡了？

腦子裡正這麼打轉，千惠子白天說的話卻像冷水般澆淋而下。

的確是這樣呢……

瑞穗嘆息地想著。

詩織已經是個二十歲的成年人了。如果被殺人犯糾纏，那還另當別論，但是現在所有的危機都已經解除了。中嶋健二死了，她已經沒有必要害怕報復了，縱火犯也被捕了，擾亂她神經的要素也全都消失了。

那麼，把這兩項消息告知詩織，便是「被害者支援對策」的最後一項工作。

這是最後一次……，結束了……

瑞穗有種無法釋懷的感覺。

她總覺得還沒有結束，不知道爲什麼會有這種感覺，但是就這麼覺得。

詩織的心理治療還沒有做好……

千惠子的臉和聲音再度浮現。

瑞穗揮開那些影像，從皮包裡取出素描。中嶋健二。她將畫像豎立在桌子最遠處眺望。怎麼看都是一張沉穩平靜的臉。這個男人曾突然臉色一變，揪住詩織的衣襟，威脅著她「絕對不

准說出去」……

無法想像。他哥哥才是個壞傢伙。聽過石川的話之後，瑞穗更是這麼想。

當初，詩織爲什麼要讓瑞穗畫出這麼溫柔的叔叔？她說被叔叔威脅時，叔叔的臉上露出「恐怖的表情」。意思是他平常對詩織很溫柔嗎？但是，那個叔叔燒死了雙親。她爲了掩蓋當時的恐怖，所以才要瑞穗畫出溫柔的表情嗎？或者……

瑞穗在空中猶疑的視線，突然停留在某一點。

啊！

她的腦子兀自運轉起來。幾個毫無關聯的獨立線索，彼此吸引似地聚集在一起。帶著陰影的眼神。肌膚的觸感。新聞報導……。爲了求出一個結論，這些片段即將化成某個形狀，但是卻無法順利地拼湊出來。無法成形。沒錯，一定還少了什麼……

房門突然被打開。瑞穗嚇得差點從椅子上跌落。香山夏樹走了進來。

「我聽說妳在這裡孤軍奮戰。」

夏樹說是來前線勞軍，把便利商店的袋子放到桌上，從裡面接連拿出麵包與利樂包果汁。

「謝謝。」

若是不吃，被會說成「她好像身體不舒服」，但是如果吃太多，又會被講成「別看她那樣，其實是個大胃王」。實在很難兩全其美。

然而，夏樹的突然來訪，其實是有意圖的。

「瑞穗，妳這樣不太好吧？」

「咦？什麼？」

「不是個有年輕女孩找妳商量嗎？」

「啊，嗯……」

「她不是報上名字了嗎？這時候，應該交給我們處理吧，妳要是不說，我們會很困擾的。」

瑞穗不發一語。確實，她明白這件事已經超出電話諮詢員的職務範圍。但是，她不能把詩織交給夏樹。說起來，夏樹這種人會待在被害者支援對策室基本上就是個錯誤。

「對方並沒有報上姓名。」

她脫口說出這句話。

「咦？是嗎？可是室長說……」

「對方只說她叫詩織，並沒有報上姓氏，所以或許是假名。」

「哦？這樣啊……」

夏樹的氣勢迅即減弱。

瑞穗沒有說謊。她是在報紙上得知詩織的全名，從本人口中只聽到名字。總之，還算在匿名的範圍之內。

瑞穗內心有種幹得好的快感。這是學夏樹的手法。把情報稍微加工……

剎那間，腦筋又兀自動了起來。

情報的加工……

就是這個。

這是最後的關鍵字。由於夏樹的登場，原本一度分散的情報再度聚集，化成確切的形狀，然後傳達給瑞穗一個結論。

那是一個殘酷的結論。

瑞穗的眼前一片黑暗，腦袋好像被箍緊了似地疼痛。

電話響了。

是詩織打來的。明朗的聲音。

「對不起！我一直不在家。」

「沒關係。」

「有什麼事嗎？」

「縱火犯被捕了。」

「是嗎？難不成是小孩子？」

「不是，妳爲什麼會這麼想？」

一小段沉默。

「只是覺得會不會因爲是小孩子，所以才一直抓不到。」

瑞穗閉上眼睛。

「還有一件事。」

「什麼事？」

「中嶋健二已經不在了。」

「咦？」

「他死了。」

微弱的哀叫聲透過話筒傳來。

詩織哭了。

聽起來就像在黑暗中迷失方向的「小孩子」哭聲。

九

連休的最後一天，天空是一片晴朗無雲的藍，與五月晴的形容眞貼切。

瑞穗開車前往「松坂大廈」。一早詩織打電話到宿舍，要求瑞穗載她去兜風，瑞穗二話不說就答應了。

轉彎之後，看到詩織站在公寓前，手裡提著紙袋。瑞穗輕按喇叭，她便揮著手跑過來。

「袋子裡裝什麼？」

瑞穗問著坐進副駕駛座的詩織。

「秘密。」

「哦！好吧。」

瑞穗發動車子。

「那麼，要到哪裡兜風？」

詩織不說話，瑞穗瞄了一眼她的側臉，她閉起眼睛，不，馬上就張開，與瑞穗四目相對。

「請帶我去E署。」

她的聲音清楚而堅決。

瑞穗直視著前方說了。

「就算去了也不能改變什麼。」

「……」

「不管少年法修改幾十次，六歲的孩子做的事，也構不成犯罪。」

「……」

「無論是搜查和審判，一切都結束了。事到如今，已經不能改變什麼了。」

「不。會改變的。我……可以重生。」

這句話滲入瑞穗胸口。

「我想要改變。我已經不想再用這樣的心情活下去了。我想說出一切的眞相，告別過去的自己。」

與過去訣別……詩織的決心堅定。

瑞穗的腦海裡浮現中嶋健二的素描。平靜的眼神、溫和的圓臉，有許多與詩織重疊的部分。

叔叔與姪女，就算相似也並非不可思議。但是，如果假設詩織是健二的女兒，便可以看見另一個完全不同的故事。

發現秘密的哥哥中嶋正一氣得發狂，不但奪取了健二應得的那份遺產，並對他暴力相向，然後也對詩織張開憎惡的魔爪。詩織背上的傷痕，並不是火災留下的，報紙上清清楚楚地寫著「詩織毫髮無傷地被救出」。

是因爲對丈夫的內疚？還是經濟上的依附？母親須美子也不阻止丈夫對女兒的的虐待。不管詩織怎麼哭喊，她都視若無睹。所以，詩織才會希望他們倆從世界上消失。

六歲的詩織，深夜跑出獨自睡的兒童房，爬上樓梯，在爸媽的寢室裡點火。由於親身有過被虐待的經驗，她瞭解火的用法及恐怖。

住在別館的健二發現主屋的異常，立刻趕了過來。他一眼就看穿是詩織幹的，不許她說出來。「妳放火的事，絕對不可以說出來，知道嗎？」但是，警察一定會斷定這是縱火。詩織才六歲，就算能夠免除刑責，但是她必須背著燒死雙親的女兒這個罪名活下去，前途堪慮。所有的責任都在與嫂子持續交往的自己身上，健二一定這麼認爲，所以他告誡詩織之後，又補了一句，「如果有人問起，妳就說看到叔叔走上二樓。」或許他是在暗示詩織，放火的是叔叔，不是詩織……

詩織接受了暗示。不，眞的是這樣嗎？還是她在無意識之中把健二的話「加工」了。不准說出來、威脅、恐怖的表情，把這些單字串連在一起，編造出自己並不存在其中的故事，這是萌生在幼小心靈的自我保護本能，不是嗎……

瑞穗回想起搜查負責人石川眼中的陰霾。他恐怕也做出了和瑞穗一樣的推理。得知中嶋夫婦與健二的三角關係之後，他開始對詩織起疑，但是審判已經結束，健二也離開這個世界了。石川只能默默地凝視遠方。

被加工的記憶……。詩織是從什麼時候開始起疑的？最近嗎？或者從六歲的時候就一直……

看到E署的建築物了。

「平野小姐，眞的非常感謝妳。」

「我可以問一件事嗎？」

「可以。」

「妳從一開始就打算說出來，所以才打電話的嗎？」

「是的。可是，我想如果對方不是平野小姐的話，我應該是說不出口的……」

詩織一直在對瑞穗釋放訊息，健二的素描也是。或許她知道健二是眞正的父親，最愛的人。她想告訴瑞穗，所以才讓瑞穗畫出格外溫柔的表情。

即使如此，瑞穗還是沒有發覺，於是詩織終於「自供」了。

如果是小孩子，就不會被懷疑……

車子停在E署的停車場。

瑞穗凝視詩織的眼睛。

「妳眞的要去？」

「嗯。」

「那我跟妳一起去。」

瑞穗打開車門，詩織便遞出紙袋。瑞穗看了看裡面。洋裝？她拿出來一看，是一件藍色的洋裝，與今天的藍天非常相似的藍。

「平野小姐是穿九號的吧？我覺得是有點纖瘦的九號，所以就照著做了。」

「眞的？什麼時候做的？」

「我也是職業的呀！」

瑞穗把洋裝放回袋子裡。

「我也是職業的，所以不能收。警察不能收禮的。」

「怎麼這樣……」

詩織的臉色暗了下來，瑞穗朝她眨眨眼。

「不過，反正已經收過了。」

「咦……」

「我可以用和以前一樣的心情畫嫌犯素描了，全都是托妳的福。」

詩織笑了。

瑞穗隱藏住微苦的心情，極力地對她報以一個大大的笑容。

疑惑的素描

一

38℃……，街上冷冷清清，外出需要勇氣。這個星期日，D縣平原地區的氣溫超過了體溫。

走出私鐵N站剪票口的年輕戽斗男，皺著臉把手遮在額頭上，然後不慌不忙地把T恤下擺拉至靠近胸口處。就這樣以半裸的邋遢模樣，走過車站後面熱氣升騰的小路，視線投向密集停放在圍欄處的腳踏車，也沒有四處張望，逕自把手伸向其中車鎖損壞的一輛。他抓住把手和踏板，以下半身還杵在路上的勉強姿勢，把車子拖向後方。背後發生了一點擦撞。擋住小路的腳踏車後輪，擦過某人褲腳略縮的淺灰色長褲。那是一個又高又瘦的三十歲男人。

對不起。戽斗男還來不及開口，瘦子的叫罵聲便震耳欲聾地傳過來。

「媽的！眼睛長在哪裡！」

38℃。若非如此，瘦子或許會說別的話。

「啊？開什麼玩笑，臭老頭，誰叫你自己走路不看路！」

38℃。若非如此，戽斗男或許已經把喉間的「對不起」直接說出口了。

兩人當場對罵了幾句，互相揪住彼此的衣領，繞到支撐高架橋的巨大水泥柱後面。瘦子穿著和長褲同色的薄上衣，手裡拿著公事包。那身打扮乍看之下像推銷員，但是從他那剪短的燙髮及眉頭緊皺的模樣來看，似乎是非得強迫推銷東西才賣得出去的那種人。

瘦子所散發的危險氣息，以及兩人約十五公分的身高差距，讓戽斗男很快地握住藏在口袋裡的蝴蝶刀。刀光一閃。劃出弧線的刀子，以行家都沒那麼厲害的精準度，切斷了瘦子的頸動脈……

一名打著洋傘、牽著小女兒經過的女人，輕聲咋舌地停下了腳步。眼前一部倒下來的腳踏車堵住了道路。移開嗎？可是兩隻手騰不出空。牽著女兒的那隻手一使力，把女兒拉起，讓她跨過後輪。就在女兒咯咯笑的時候，從高架橋下的陰影中，跑出一名驚慌失措的男子，男子的視線對上了女人。雀斑臉，女人瞬間這麼想。她傾著頭目送男子狂奔而去。女兒吵著還想跳一次，前進幾步之後，她看見一名瘦削的男子，鮮血有如噴泉般地從脖子湧出。接著再經過數秒的空白，她才驚覺剛才那名男子臉上的雀斑是飛濺的血漬。

女人發出近似金屬般的尖叫，頓時讓有如雨聲般的蟬鳴沉默了。

二

28℃……

距離D縣警總部不遠處的服飾店二樓，是屬於「青木繪畫教室」使用的樓層；透過兩台設定在最大風量的舊式冷氣機，總算讓十五名學生集中在素描課堂上。幾個人在畫架上張起畫布，一群打算進入美大或美術專門學校的高中生，正煞費苦心地在手邊的素描簿上畫出以圓錐體和球體爲立體模型的指定作業。

平野瑞穗面向著最裡面一張擺著數具石膏像的桌子。她已經和戰神馬爾斯的大胸像格鬥了將近一個小時，卻因爲畫不出滿意的線條而苦惱不已。畫了又擦，擦了又畫，不停地重複。形狀、空間、明暗、質感，沒一項能隨心所欲。空白一段時間再提畫筆實在痛苦，瑞穗已經有一年半沒有走進這間教室了。

D縣警在三年前開始致力培育「嫌犯素描女警」。從案件被害者或目擊者的口中問出犯人長相的特徵，繪製通緝用的畫像。爲了正式導入這個目前已經相當普遍的辦案手法，當時身爲總部鑑識課一員的瑞穗雀屏中選。上級命令她從素描的基礎學起，以利於將來畫出正確的犯人肖像畫。瑞穗以公費在這間繪畫教室上了一年的課。

這次是自費。

犯罪被害者支援對策室的電話諮詢員，無可否認，這也是一份很有意義的工作，但是透過與中嶋詩織的相識，瑞穗領悟到自己最想做的工作還是藉由嫌犯素描來辦案。總有一天想回到鑑識課。不，一定要回去，回去畫嫌犯素描。爲了這一天，她決定自我投資每週日下午的三個小時及每個月六千圓的學費。今天就是重新出發的日子，正好也是她二十四歲的生日。

「平野小姐……這裡，陰影線的密度太密集了。」

滿臉鬍子的青木望著瑞穗的畫紙說道。他年約四十五歲，是樓下服飾店老闆的兒子，也是未來的繼承人，原本在高中教美術。

「很久沒畫了，會緊張吧？」

「嗯，總覺得手很僵硬，不夠靈活。」

瑞穗紅著臉回答，青木微笑，雙臂交抱。

「不用擔心啦，手很快就會想起那種感覺的。」

「可是，我本來就是臨時抱佛腳……」

瑞穗朝高中生併排的桌子投以軟弱的視線。

「還是最好從基礎重新學起呢？」

「沒那個必要！不用擔心，平野小姐本來就很有天份。」

很有天份。她記得唸小學時，級任老師也曾經這麼說過。在分校，她是畫圖畫得最好的一個，有幾幅作品參加村或縣的比賽，也得過獎狀。她總是滿心期盼著美術課的到來。生日的時候，收到的禮物是裝在木箱裡的畫具顏料，她忍不住緊抱著父親的脖子。

現在的心情也和當時很像，既興奮又快活，雖然因爲畫不出像以前那樣毫無猶豫的線條而感到焦急，不過能夠再度擁有憂喜參半的畫畫時間，她的內心充滿了喜悅。

「好，我要加油！」

「沒錯，就是這股幹勁。只要平野小姐認眞起來……」

縣警也安若泰山了。顧慮到其他學生，青木小聲地說出最後一句話，然後頓了一下子，語帶嘆息地加了一句。

「三浦小姐要是也畫得跟平野小姐一樣好就好囉！」

三浦小姐？

啊！瑞穗輕叫了出來。

三浦眞奈美。目前在鑑識課負責嫌犯素描的女警。

「怎麼了？」

「老師，她也在這裡上課？」

「咦？妳不知道嗎？」

「呃、嗯……」

我怎麼這麼笨。

只能說自己太粗心了，只要稍微動點腦筋就知道了。就像瑞穗當時那樣，眞奈美也會接獲上級命令到這間繪畫教室學素描。

還是去習慣的教室比較好。決心重新學畫的時候，瑞穗毫不猶豫地打電話給青木，不過現在想起來，她應該找其他教室的。萬一不巧在這裡被別人撞見，前任的嫌犯素描者又來學畫，眞奈美會怎麼想？她心裡一定會覺得不舒服，她一定認為自己的工作領域被侵犯了，或許她會猜想瑞穗是否對鑑識課有所留戀。不，這不正被說中了心事嗎？雖然瑞穗故意把時間模糊成「總有一天」，但是她的確想要重新擔任嫌犯素描的工作。

不管怎樣，如果新舊「嫌犯素描女警」在這裡碰面，彼此之間的尷尬可想而知。

我突然有急事。瑞穗對青木這麼說，慌忙收拾東西準備回去。她很在意前門，彷彿那道門隨時都會打開，眞奈美就從那裡走進來……

「咦？平野學姊？」

打開的是後門。瑞穗抱著萬事休矣的心情回頭一看，只見揹著塑膠材質的大包包，穿著牛仔褲的三浦眞奈美站在那裡，滿臉都是汗。

瑞穗慌張得連自己都覺得丟臉，還沒來得及想好該說什麼，眞奈美那令人聯想到小鹿的纖細身體靠了過來。她比瑞穗小兩歲，二十二歲，一雙大眼，一笑起來臉上就有酒窩，現在就是這樣。她在笑，但是內心又是怎麼想？

「嚇我一跳！學姊，妳怎麼會在這裡？」

「嗯，我喜歡畫畫。」

不由得說出似乎孩子氣的眞正心情，如果說這是謊話也沒錯，還是覺得很內疚。

「學姊還在這裡學畫嗎？」

瑞穗正視到夾雜著刺探的視線，難以承受地垂下了眼。

「啊，不是，我還沒決定，還在考慮。」

「哦……」

眞奈美裝糊塗似地拖出長長的語尾音，飽滿的額頭裡似乎正在迅速思考。

瑞穗和眞奈美住在同一棟女子宿舍，不過至今沒說過什麼話。她們房間的樓層不同，鑑識課又是早出晚歸，連在餐廳碰面的機會也很少。而且嫌犯素描的工作，在瑞穗因爲竄改事件停職之後，暫時由晚一屆的女警代理，後來才由那名女警移交給眞奈美。如此這般，瑞穗和眞奈美之間在工作上可以說幾乎沒有交集。

怎麼辦……

回不去了。但是話說回來，瑞穗的腦筋一片空白，完全找不到話接口。

突然，眞奈美說出一句令她感到意外的話。

「我一直把平野學姊當成工作上的激勵。」

「咦？」

「對了。請看一下我的畫吧！我想聽聽學姊的意見。」

眞奈美一邊說著，一邊從包包裡取出素描簿。

「我怎麼夠格……」

瑞穗雙手在面前揮舞，但是眞奈美不理會，打開紙頁並翻開一張素描，按在自己胸前。

「怎麼樣？」

維納斯的小胸像……

很像眞奈美，一瞬間她有那種感覺，並非說哪個部位有多像，可能是五官的平衡感吧。瑞穗在初次畫維納斯時，也被青木指出相同的毛病。「人類這種生物，總是覺得自己的臉最像人類的臉吧，如果沒有素描能力，就會不可思議地畫出跟自己相像的臉來……」

瑞穗凝視著維納斯一會兒，不，她是爲了不與眞奈美四目相對才這麼做的。

拙劣的素描，找不出其他評語了。不只是整體的平衡感，線條也不穩定，有些部分太粗糙，陰影也不自然。最重要的是，絲毫感覺不到一名畫者對畫圖的熱愛與執著，這是一張空洞的素描。

眞奈美畫得很不情願。除此之外，瑞穗別無他想。

「妳學了多久？」

瑞穗勉強問出這句話，眞奈美露出難爲情的笑容。

「已經快半年了。」

瑞穗在視野的角落尋找青木。他正在對一名胖主婦說明什麼，用炭筆在畫布上修改著什麼。

三浦小姐要是也畫得跟平野小姐一樣好就好囉……

青木也很傷腦筋，如果眞奈美再不進步，他自己也會失去被縣警託付培育「嫌犯素描女警」的立場，他一定感到焦急與責任壓力吧！若是根據眞奈美所畫的素描追凶，原本逮得到的犯人也會抓不到。

不過，眼前的眞奈美一臉無憂無慮。

「學姊，怎麼樣？」

「我也說不上來……」

「請給我一點建議……啊！」

隱約的鈴聲響起，眞是及時的解救。眞奈美從牛仔褲口袋裡拉出手機。

「喂，我是三浦。」

瑞穗趁機開始收拾，把畫材收進包包裡。可是，聽到眞奈美在背後的電話應答，她的手停下動作，回過頭去。

「是……是！我知道了！」

有案件發生了。而且是大案件。眞奈美的聲音和表情變化讓她知道了這一點。

眞奈美一結束通話，身份轉變成警察官的兩人走出室外走廊。38℃。熱浪與豔陽迎面襲來。

她們悄聲交談。

「據報N車站後面發生凶殺案。」

「歹徒呢？」

「逃走了。」

「有目擊者嗎？」

「嗯，一名路過的主婦好像看到歹徒的臉。」

那麼該輪到人像素描登場了。瑞穗在口袋裡摸索車鑰匙。

「走吧！我載妳到現場。」

「不用啦，我可以自己去，到去年爲止，我一直都待在N町的派出所。」

「不是啦，妳不是把車子停在總部，走路過來的嗎？」

「啊，嗯。我都忘了……學姊怎麼會知道？」

「妳來的時候，不是滿身大汗嗎？走吧！我的車子就停在樓下。」

瑞穗轉身走向樓梯，背後卻傳來冷硬的聲音。

「學姊，不用了。」

「咦？」

瑞穗回頭一看，倒抽了一口氣，身後有一雙充滿挑戰的銳利眼睛，令她全身起了雞毛疙瘩，就連曝露在強烈陽光下的皮膚也瞬間失去了溫度。

眞奈美笑了出來。

「不用擔心，我用跑的三分鐘就到總部了。」

「可是……」

「這是我的工作。」

眞奈美說道，臉上的笑容隨時都會瓦解。她推開瑞穗，跑下鐵製的室外樓梯，發出十分響亮的聲音。

這是我的工作……

瑞穗咬住嘴唇。

繪製嫌犯頭像速寫，時間是勝負的關鍵。目擊者的記憶會隨著時間淡化，所以應該盡早把眞奈美送到現場，瑞穗只是這麼想。或者她想要丟下眞奈美，自己來畫素描？以爲到了現場，也有機會讓自己畫？沒有！要她發誓也可以。她沒有半點這種想法，然而……

瑞穗玩味著自己的心情，開始覺得眞奈美可惡透了。

嫉妒，或許是如此。

瑞穗畫得比眞奈美好多了，對繪畫的熱情，絕不輸給眞奈美。然而，爲什麼「嫌犯素描女警」是她而不是自己呢？

瑞穗回到教室。

面對馬爾斯的胸像，她握緊4B鉛筆。28℃。但是瑞穗內心的灼熱超越了外面的熱浪。

三

星期一的各家早報，全部都以大篇幅報導「N車站高架橋下的衝突殺人」的新聞，嫌犯的素描也刊載在每家報紙上。若以一句話來形容，那是一張「完成度極高」的人像素描。

早上十點。D縣警本廳舍五樓，犯罪被害者支援對策室……

瑞穗百無聊賴地在「民眾諮詢專線」電話前托著腮幫子，今天又沒有半通諮詢電話。不，進入七月以後，電話響起的次數寥寥可數。可是，設置在縣下各轄區的諮詢窗口，接獲被跟蹤的報案件數明明多到應接不暇。

「唉，慢慢來吧！電話諮詢業務除了警察之外，還有很多機關也在做。不管怎樣都會被分散。」

代理室長田丸並非抱怨地說道。他可能是想打破沉悶的氣氛吧，除了田丸和瑞穗之外的室員一大早就外出了。搜查一課分室的這個狹小房間裡一直只有他們倆。

瑞穗蠢蠢欲動也很想出去，想仔細瞧瞧那張嫌犯素描。她到班之後立刻打開早報，卻被進來的老鳥刑警搶走了。從他興沖沖的樣子來看，難不成是N車站的現場照片恰好拍到他了？

「室長……我可以外出一下嗎？」

「哦，請便請便，慢走，有電話我會接的。」

瑞穗走樓梯到一樓，宣導室的門開了一條縫，這是初春以前曾經待過的工作單位。調派到被害者支援對策室之後，有一陣子她也兼任這裡的工作，不過上個月的正式人事命令終於下來，瑞穗的身份變成對策室專屬的成員。

她正在盤算，如果宣傳官船木在，她就不進去。不過房間裡只有音部主任一個人正握著話筒。請讓我看一下報紙。瑞穗對著弓著身子的音部輕聲說道，抱起桌上的一捆早報。她掃視房間內，在那張曾經是自己座位的空辦公桌前坐下。

打開當地報紙的社會版。「N車站高架橋下衝突殺人」，頭條新聞。

她望著嫌犯素描。

和今早看到的印象相同。

畫得很好。不，太好了……

輪廓、眼睛、鼻子、嘴巴，每一條線都充滿了自信，連細節都仔細地畫出。不只畫得好，也充滿了張力。栩栩如生……這張人像畫甚至給人這種感覺。

這是三浦眞奈美畫的？她一時之間難以置信。瑞穗的腦海裡還烙印著昨天看到的那張拙劣而空洞的維納斯像素描。

瑞穗吐了一口氣。平靜下來，冷靜地、客觀地，她這麼告訴自己，再次凝視著嫌犯素描。

那是一張很有特色的臉。長臉，額頭比較狹窄，下巴卻異常地長，前端尖細；單眼皮的眼睛如剃刀般細小；鼻子直挺，鼻樑很高；長髮，有著燙髮後變直的柔和波浪，很年輕。畫像上的說明寫著年約二十歲至二十五歲。

抓得到。如果這張素描畫得和犯人很像，不管他逃到日本的哪個角落，絕對抓得到，這張畫像給人這種確信。若是市民看到畫像通報警方而破案，這樣瑞穗也很高興。她希望犯人被抓到，但是……

思考還是回到了原點。

這眞的是三浦畫的嗎？

她深深覺得眼前的這張素描遠遠超過眞奈美的本事。當然，畫者本身的素描能力並不是決定嫌犯畫像好壞的因素。製作一張好的嫌犯素描的第一要件，端看目擊者對於犯人臉孔的記憶有多準確。再者，目擊者能夠多具體地把記憶傳達給畫者，也大大地影響到這張畫像的結果。所以，對於繪製嫌犯素描者而言，重要的是與目擊者的溝通，必須具備良好的詢問能力。讓亢奮的目擊者冷靜下來，站在相同的視點，絕對不能誘導，只抽出確實的記憶，具體呈現在紙面上。這才是「嫌犯素描女警」的職務。

然而，不管目擊者的記憶多麼鮮明，畫者如何成功地問出目擊者的所有記憶，如果缺乏以繪圖展現的本領，也只是徒然。把他人腦海中的記憶化成形狀，若想達成這些困難重重的作業，不用說，大前提是畫者必須具備高度的素描技巧。

瑞穗看著報導，還有一件事想確定。

被害者的名字是窪塚牧夫，是一名住在東京的三十二歲男子，三天前來到D縣，進行南島野地零售案的推銷工作。凶殺案發生在下午兩點左右，根據行經道路對面的上班族作證，窪塚和犯人在小路上突然發生爭執，扭打的兩人消失在高架橋底下的陰暗處。結果，窪塚被犯人用刀子劃開脖子，慘遭殺害。死因是失血過多，現場並沒有留下犯人的物品。

目擊兇手的主婦並沒有公開姓名，不過縣警偵訊的證詞內容卻刊載在報紙上。「我牽著女兒走在路上，一個年輕人突然從暗處衝出來，差點撞到我。那個男人的臉上濺到血漬。他立刻轉身，往東邊跑了。」

果然……

「差點撞到」、「立刻轉身」……，從這些反應推測，主婦看到兇手臉孔的時間頂多只有幾秒……。她想確定的就是這件事。也就是，這次的嫌犯素描是依據僅看到犯人臉孔數秒鐘的目擊者的記憶來畫的。

一種奇異的感覺爬上了瑞穗的背脊。

數秒的記憶……眞奈美的本事……如果光憑這些就能畫出這張嫌犯素描……

奇蹟……。只能這麼說了。

即使不願意，一年半以前的「竄改」記憶重新復甦。

大白天發生的搶案，當時的被害人也只看到搶匪臉孔數秒鐘，瑞穗根據這份證詞，畫出嫌犯素描。結果怎麼樣？轄區送來的犯人照片和素描一點都不像。已經安排妥當的記者會迫在眉睫，無技可施的鑑識課課長森島命令瑞穗重畫一張和照片一模一樣的畫像……

眞奈美也是看著犯人的照片畫的嗎？

不，不對，不可能。這和瑞穗當時的情況不同，這次的犯人還沒有抓到，沒有道理看著照片畫。

那，爲什麼？

該如何解釋這張完美的嫌犯素描才好呢？就憑感覺相信這是奇蹟嗎？

瑞穗茫茫然地望著窗外，忽然停留在某一點。

說曹操，曹操就到。

眞奈美在那裡。

就在瑞穗所在的本廳舍與資材倉庫之間的中庭無精打采地走著，肩膀無力地下垂。她微微地低著頭，昨天的活力動感消失無蹤。

瑞穗在猶豫之前已經打開了窗戶，臉孔瞬間被外面的熱氣籠罩著。

眞奈美正要經過倉庫的轉角。

「三浦……」

她應該聽得到，背部細微的反應並沒有逃過瑞穗的眼睛。但是……

眞奈美沒有回頭。她沒有停下腳步……不，反而加快了腳步，彎過倉庫的轉角消失了。

她逃走了……？

「喂，怎麼啦？平野！」

音部主任出聲叫她，但是瑞穗沒有回頭。

有什麼隱情，這其中有詐。

奇蹟般地嫌犯素描……

她感覺好像窺見了陰暗潮濕的地帶，無法壓抑內心的不安。

四

下午三點。瑞穗來到北廳舍一樓的福利課商店。若沒有什麼大事，鑑識課次席（註）湯淺都會在三點的午休時間下樓，到這家商店大喝力保美達D。

他的例行公事似乎沒變。不到一分鐘，那張散發出一股生髮劑氣味的蒼白臉孔果然出現在店裡。

「我要一樣的。」

他一臉無聊地說道，指著櫃台處的冷藏櫃。

「次席……」

瑞穗從背後出聲，湯淺緩緩轉頭一看，露出一臉「看到討厭東西」的表情而咋舌。

對於瑞穗來說，她也是做好了心理準備才出聲的。在「竄改事件」的當時，湯淺擔任的是機動鑑識班的班長，也是瑞穗的直屬上司，所以他知道事情的原委。瑞穗一邊哭著一邊拒絕竄改，最後終究妥協，並因此而失蹤，被迫停職半年的事情也是……。湯淺對課長唯命是從，對竄改嫌犯素描的部下視若無睹，這件事讓瑞穗內心的傷口變得更深。

仔細一想，復職之後的瑞穗沒有和湯淺說過一次話，一直維持著就算在廳舍內碰面，彼此也會避開視線的關係。

「有點事情想跟您談談。」

瑞穗漲紅了臉說道。

「啊?」

「不會花多少時間的，拜託!」

瑞穗以自己都覺得驚訝的強硬態度，把湯淺邀到商店裡側的圓桌。

「什麼事?」

湯淺不情願地坐在椅子上，以焦躁的動作點燃香菸。

「是關於N車站嫌犯素描的事。」

湯淺一臉「果然沒錯」的表情。

「我嚇一跳，因爲畫得實在太好了。」

「哦!」

「那樣的話，絕對抓得到犯人吧。」

「嗯。」

湯淺撇過臉，表情好像那支菸味道很糟。

「有一般民眾提供的情報嗎?」

註：鑑識課次席相當於鑑識課副課長。

「嗯，好像蠻多的。」

「那位目擊者主婦沒問題嗎？」

「……」

當然，湯淺瞭解問題的含意。

「那名主婦只是在差點撞上的一瞬間瞥見對方吧，可是竟然能夠提出那麼詳細的證詞。」

「一種米養百種人吧，有的人只看一眼，就能像照片一樣記下對方的臉孔。」

雖然罕見，不過確實有這種人存在。但是……

「昨天，我看過了三浦的素描。」

湯淺看著瑞穗，露出刺探的眼神。

「所以怎樣？」

湯淺聽懂她的意思了。

「那張嫌犯畫像，真的是三浦畫的嗎？」

「要不然是誰畫的？」

「是。沒有其他人。可是……」

湯淺打斷了她。

「她討好目擊者的工夫是一流的。問出嫌犯特徵的技巧也是。」

一定是這樣沒錯吧。瑞穗點點頭。

「但是……」

「妳到底想說什麼？」

湯淺發出如刀鋒般犀利的聲音。

不能退縮，瑞穗告誡自己，並盯著湯淺的眼睛。

「沒有吧……沒有跟我一樣的事吧？」

湯淺迅速別開視線。

有嗎？

湯淺按熄香菸，以鼻子哼笑著，眼光回到瑞穗身上。

「妳還在記恨啊？」

「不是，不是那樣的。」

「又不是只有妳一個人。那件事，課長不也一樣？」

發生竄改嫌犯素描事件之後，翌年的定期人事調動，森島課長被調到交通部擔任駕照課課長了。平行調動。不，也可以算是降職。

湯淺揚起眉毛。

「喂，妳有想過嗎？妳們嫁人就沒事了，課長可得一直待在這家『公司』耶？爲了那種無聊的事，把大好前途都毀了。」

無聊的事……！

瑞穗瞪大了眼睛。

「你的意思是我害的嗎？」

湯淺點燃第二支菸。

「我又沒那麼說。我只是告訴妳，課長受的傷害比妳嚴重，我是叫妳好好想一想，不要再囉哩叭唆沒完沒了。」

「不是的。」

瑞穗把身體探出桌子。

「因爲三浦看起來很沮喪，所以我很擔心……」

「擔心？」

湯淺又哼笑。

「我聽說囉！以前妳還在宣導室時，不是向上級哭著說要回鑑識課嗎？」

啊……

「搞垮三浦的話就回得去了，妳心底不是這麼想嗎？」

她說不出話來。

「還有剛才的事。她不可能像妳那樣看著照片畫的。犯人都還沒抓到咧！」

瑞穗想要開口，卻被噴過來的煙嗆得咳嗽不止。

湯淺起身，冷冷地俯視著嗆咳的瑞穗。

「妳是不是被熱昏頭啦？腦袋最好去冷靜一下吧！」

五

到了傍晚，氣溫也沒有下降。雖然沒有昨天那麼熱，不過今晚絕對是一個必須開冷氣才睡得著的熱帶夜。

下午六點……。結束工作的瑞穗開車前往D市郊外。

心情跌到了谷底，她不想直接回宿舍。這時候，「畫樓」這家店有如避難所一般，在她的腦海裡浮現。在失蹤而引起騷動的當時也是如此。她在街上四處流浪，最後走向「畫樓」。因爲想看那幅畫。今天也是。想看那幅畫。

縣道正在塞車。她彎過市區路口紅綠燈前的轉角，駛入狹窄的小巷，行經數個路口，再經過渠道上的小橋，便看到以黑漆潦草寫成的「畫樓」招牌。這裡不是畫廊，而是一間老舊的美術店。不，或許說是收破爛的舊貨商比較恰當。

在她剛擔任「嫌犯素描女警」時就知道那家店，那已經是將近三年前的事了。女警管理組長七尾本來要帶她去一家好吃的章魚燒店，不過兩人卻在這條巷子裡迷路。其實章魚燒店位在南邊的某條路上，不過瑞穗的視線就停留在「畫樓」店頭小櫥窗裡的一幅油畫，一動也不動。

「從古井仰窺的女人」……

當時，瑞穗只要一休假就勤跑美術館或畫廊。她的動機是希望對工作有幫助，所以觀賞的作品幾乎都是人物畫。她在繪畫教室學習畫圖技巧，不過並不滿於現狀，隨時都在提醒自己吸收隱藏在畫作中的情意。她走訪各地，看過不少人物畫，但是這幅「從古井仰窺的女人」卻勝過海內外的名家作品，總是占據了瑞穗內心最中央的位置。

「咦？」

瑞穗下了車，側著頭感到疑惑。

那幅「從古井仰窺的女人」消失在「畫樓」櫥窗內的固定位置，取而代之的是一幅掛軸山水畫。終於賣掉了嗎？老闆說過那是非賣品，因爲本身很喜歡，所以擺在那裡炫耀。這一番話完全展現出他孤僻的性格。

瑞穗走進店裡。以熟練的動作閃避店內的壺盆、鎧甲等雜貨，一邊走進各式物品堆疊至天花板、充滿霉味的迷宮深處。

「大叔！」

出聲一叫，在離地一段高度的榻榻米茶室裡，一個男人枕著對摺的座墊，抬起那張梳有髮髻頭的皺巴巴臉孔。一旁擺著燒酒瓶和酒杯。好像剛剛才喝了一杯，正躺著看電視。

「哦，是妳啊，我在這裡。」

只說了這些，老闆把快壓扁的座墊重新對摺，塞進頭底下。瑞穗來訪的目的總是只有一個。

「打擾了！」

瑞穗脫下鞋子，走上茶室。這家店面是老式民宅的一樓改建而成的，拆掉玻璃窗的茶室就在原來的位置維持現狀。瑞穗剛來的時候，這種特殊景象令她目瞪口呆。

「從古井仰窺的女人」就立放在茶室的牆邊。

瑞穗發出安心的嘆息。

八十號的油畫是一幅大作。但是,作者是誰?何時完成的?連老闆都不知道。

這是一幅從古井底部仰視的畫作,因此畫布的大部分面積都被混合著黑、紫、褐等顏色塗滿,形成一種灰敗頹喪的黑暗氛圍。上方的井口處有一小片天空。以那片稱不上清澈的奇妙藍天爲背景,畫了一張從水井仰窺的年輕女性臉孔。

瑞穗看得入神。

畫裡那張女人的臉孔令她著迷,年約二十多歲,可能是模特兒,長相普通,有一雙細長而清秀的眼睛的瓜子臉……

乍看之下面無表情,但是,越細看越會發現那張臉孔隱藏著爲數驚人的各種表情的「前兆」。那個女人的臉孔令人強烈地感覺到,下一瞬間一定會出現某種他人察覺得到的表情。是喜悅?憤怒?困惑?或是其他感情?她不知道。若是從古井仰窺的構圖來揣測作者的意念,或許是畏懼或好奇。然而,無法確切地說出是哪一個。越是端詳,就越覺得那張面無表情的臉孔隱藏了一切感情的前兆,令人不寒而慄。

不過,能夠確信的一點,就是畫裡那個女人的心已然躍動起來。作者在那份躍動的感情使表情產生變化之前,就把女人的臉孔凍結,永遠封進畫作裡。

所以,女人的面無表情才會如此深不可測,栩栩如生。

就像一張面具吧!老闆以前不經意地說過這樣的話。對於他的鑑賞力,瑞穗也深表認同。

完全相反的兩種感情，令觀畫者的胸口沸騰。有時候會同時刺激、撼動內心的數種感情，反映、試探出凝視者的內心。這張畫或許隱含了作者的這種企圖。

每次欣賞都覺得疲憊不堪。但是瑞穗好喜歡這幅畫。神秘的面無表情。那就是瑞穗的蒙娜麗莎。

好熱……

瑞穗用手帕擦拭脖子上的汗水。茶室裡只有一架格外吵雜的古董電風扇。這恐怕也是店內的商品之一。

「吶，大叔！」

瑞穗回頭喚道。一如剛進來那樣，老闆背對她躺著。

「啊？什麼？」

「爲什麼把畫移到這裡？」

「要賣人了。」

「眞的嗎！」

瑞穗跪膝挪動身體，轉向老闆。

「可是大叔不是說不賣嗎？」

「三百萬。」

店長背對著她比出三根手指。

「咦？三百萬……！誰要買？」

「畫裡的女人。」

瑞穗覺得心臟被一把揪住了。

「怎麼可能……眞的嗎？」

「她說是作者的女兒。現在已經是個歐巴桑了。」

在一個月前左右，一名年過五十、自稱是篠原的女人造訪店裡。看到展示窗裡的「從古井仰窺的女人」，確定那是亡父的畫作，無論如何都希望老闆賣給她。

「面貌有點像，感覺上……」

「那，她眞的是這張畫的模特兒？」

「或許。」

「可是三百萬，這樣獅子大開口，不會太過分嗎？」

老闆用手肘壓著座墊，把臉轉向這裡。

「妳怎麼知道她是眞的假的？」

「咦？」

「如果眞的是作者的女兒，不管是三百萬還是五百萬，拚死也湊得出來吧！」

老闆原本就像頑童般的眼睛，閃耀著比平常更高興的光芒。

原來如此。瑞穗心想，如果來訪的女人眞的是作者的女兒，或許老闆會分毫不取地把這幅畫還給她。

不，就是因爲想知道作者的身份，想要把它還給作者的親人，所以並不打算賣，才會多年來一直擺在櫥窗裡。瑞穗開始理解老闆的用意。

「吶，大叔。你向那個女人打聽過了不少關於畫的事吧？」

「沒有。」

「爲什麼？大叔不是一直很想知道嗎？」

「知道了就沒意思啦。」

瑞穗也不是不瞭解這種心情。對老闆而言，或許「從古井仰窺的女人」也是他的蒙娜麗莎吧。若是問出這幅畫的種種，解開了一切的謎團，很可能就失去一切樂趣了。

可是……

瑞穗想知道。這幅畫的作者到底是什麼樣的人？在何時、什麼情況下畫的？隱藏在面無表情底下的神秘情感究竟是什麼？

令人吃驚的是，老闆甚至沒問那位自稱篠原的女人的住址。如果她下次過來，請一定要通知我。瑞穗再三地叮囑老闆。嗯、嗯，老闆背對著瑞穗，敷衍地應答著。

瑞穗跪膝挪回身體，再次面對畫作。

也不知道作者的女兒住在什麼地方，如果很遠，或許今天就是最後一次欣賞這幅畫了。

她的胸口充塞著無限感慨。

受命擔任「嫌犯素描女警」才得以邂逅這幅畫作。如今，被趕下這個職位的她，也一樣前來欣賞這幅畫。

一旦凝視著畫，她覺得好像被吸進畫裡，嫌犯素描什麼的都變得無所謂了。女警的工作也是。為什麼被輕視到那種地步還要忍耐下去呢?像隻顫抖的小羊般退縮,不敢吭聲,甚至無立足之地……。這樣下去好嗎?日後回首,能夠笑看現在的自己嗎?也不是被誰強迫的,是自己主動要當女警察的。然而……

愚蠢……

湯淺次席的臉孔浮現在腦海裡。

他說森島課長受的傷比瑞穗更嚴重,還說女人只要結婚就沒事了,男人卻不行。是瑞穗自己想回鑑識課,所以打算搞垮三浦眞奈美!湯淺還這麼說。

她不再提嫌犯素描的事了,繪畫課也當成純粹的興趣就好了。不,實際上就是這樣,只有畫圖的時候,可以忘卻一切煩憂,沉浸其中。只要忘掉嫌犯素描的事就不會受傷了。沒錯,就像在分校裡的生活一樣充滿了幸福。

可是……,還是會在意。

眞奈美像小鹿般的身影頻頻浮現在眼底。

在室外樓梯看到的那雙充滿挑戰的銳利眼神……;低著頭無精打采地走在中庭的模樣……

我一直把平野學姊當成工作上的激勵……

眞奈美曾經這麼說,走上與瑞穗相同的路,受過與瑞穗一樣的傷,或許她是這個意思。在警察社會裡,男人為了凸顯自我男性意識而彼此競爭著,女警們總是繃緊神經,避免傷害那些男人的自尊,卻在內心的角落不斷地吶喊著自己也是組織裡堂堂的一份子。拚命地奮戰著,死命地緊纏不放。要是變得稍微懦弱一點,隨時都會被甩下來。她知道,放手墜落就可以輕鬆了。瑞穗是這樣一路走過來的，而眞奈美一定也是……

心裡已經沒有一絲一毫的嫉妒了。

瑞穗盯視著虛空。

奇蹟般的嫌犯素描，一定有什麼內情。某項牽扯著上級利害關係的安排……

重蹈瑞穗的覆轍。她只是不希望眞奈美再次受傷。此時，一股近乎焦急的情緒湧上胸口，但是……

不明白。到底是什麼樣的原委，才能完成那張奇蹟般的嫌犯素描？

瑞穗聽見鼾聲，回過頭去。

不是……，或許是自己聽到了什麼才回頭的。

電視？對，是電視。正在播報新聞。

「啊！」

瑞穗大叫。

電視上的畫面出現了眞奈美畫的嫌犯素描，連同一張年輕男人的照片！

犯人抓到了。

然而，令瑞穗驚嘆的並非這件事。

一個模子刻出來的。

照片上的兇犯長得和犯人素描像是同一個模子刻出來的。她知道這樣的說法很奇怪，不過覺得再也沒有比這個說法更適切的了。兩者不只是相似而已，而是一模一樣，照片酷似犯人素描，連新聞播報員也針對這一點熱烈地報導。

瑞穗睜大眼睛盯著畫面，正在播放N車站的影像，記者陳述案件的概要。

犯人是二十三歲的砂田明，獨居在距離N車站東邊約三百公尺處的公寓。他是業餘搖滾樂團的主唱，靠著雙親的資助及打工維生。逮捕地點在都內的三溫暖，因為民眾看到電視上的嫌犯素描，所以打電話報案。嫌犯的自供內容是……

「嫌犯砂田供稱，他從路邊停放的腳踏車中拖出一台，想當作代步工具騎回公寓，卻撞到路過的窪塚，雙方因而發生衝突。兩人在高架橋下扭打時，他一怒之下揮動刀子。」

瑞穗受到意外的衝擊。

拖出？路邊停放的腳踏車……

第一次聽到，這是今天早報上沒有刊登的情報。在目擊嫌犯的主婦證詞裡，還有在馬路對面看到雙方起爭執的上班族證詞裡，完全沒有提到引發事端的腳踏車。

難道……

縣警隱瞞情報……

瑞穗不停地眨眼睛，口中唸唸有詞。不久，發出了不知第幾次的驚叫聲，身體彈跳了起來。她抖著手把腳邊的涼被蓋在老闆身上，凝視著「從古井仰窺的女人」，點點頭並從店裡飛奔而出，坐進車內猛力發動引擎。

她知道了！她知道可以畫出奇蹟般嫌犯素描的理由。

六

晚上七點半，D縣警總部本廳舍一樓，宣導室……

瑞穗把門打開一條縫，看見南組長和音部主任，兩人都握著話筒，好像正在跟記者講電話。

「沒錯，八點開始，在記者室舉行記者會。首先由一課報告偵辦本案的概況，然後是鑑識課的次席詳細解說嫌犯素描的事……，咦？哦，是、是。當然，女警本人也會列席，拍照攝影都ＯＫ。」

不出所料，鑑識課打算把三浦眞奈美捧成「立功女警」。

瑞穗悄悄地走進辦公室，默默向南行禮之後，拿起桌上的記者會資料閱讀。沒有，完全沒有記載。可是，應該一定會有的……

掛斷電話的南一邊以眼神詢問瑞穗「怎麼了」，一邊撥打下一家報社的電話。

瑞穗匆匆地問道：「組長，犯人砂田沒有前科嗎？」

「哦，好像有『強行進入』的前科吧！」

強姦的前科……，經過翻譯的名詞鑿進瑞穗的腦袋裡。此時，她背後的門打開了。

是鑑識課的湯淺次席。爲了八點舉行的記者會過來協商，原本笑容滿面的表情一看到瑞穗就變了。

「妳在這裡幹嘛？」

「這裡是我的舊巢穴。」

瑞穗簡短地回答，偷瞄湯淺身後。眞奈美還沒來，正好。

他們面對面在沙發上坐下。不，爲了閃避菸味，瑞穗把身體稍微移向旁邊，南和音部正在講電話，應該不用擔心會被聽到。

瑞穗小聲說道：「次席……請中止這場記者會。」

湯淺似乎打從心底一驚。

「妳說什麼？」

「要是讓三浦變成立功女警，她會自責而崩潰的。」

「妳在說什麼？」

「我也是這樣，背叛自己的職務，看著照片畫素描……看到第二天報紙上寫著立功女警的報導時，我眞的好想死。」

湯淺搔了搔耳朵。

瑞穗低下了頭。

「拜託你！請不要讓三浦重蹈我的覆轍。」

湯淺點燃香菸。

「我不懂妳在說什麼，爲什麼三浦會重蹈妳的覆轍？」

瑞穗狠狠地瞪著湯淺。

「憑指紋查出來的吧？」

「咦？」

「犯人把停放在路邊的腳踏車拖出來，也就是握住了把手和踏板。報上寫說犯人在現場並沒有留下任何物品，卻留下了指紋。」

湯淺沒有回答。

「警方應該在腳踏車上驗出了包括車主在內的好幾枚指紋吧？其中鎖定了有強姦前科的砂田明。警方把強姦案發生當時在轄區拍攝的嫌犯照片拿給目擊者主婦看，取得確認是這個男人的證詞，然後把那張照片交給三浦，要求她畫出一模一樣的素描……不是嗎？」

湯淺倦怠地轉動脖子。

「我不知道。」

「怎麼可能不知道？」

瑞穗粗聲抗議，一陣煙撲面而來。

「我可不知道妳怎麼會編出這種胡思亂想的故事，不過要是眞的如此，那又怎樣？」

「可是……那種作法太卑鄙了。」

「妳眞的是警察嗎？」

「咦？」

湯淺把身體探出桌子，手指交叉。

「假設一如妳所說的狀況好了。腳踏車倒在路上，好像是犯人拖出來的。我們從指紋查出有前科的砂田，讓目擊者看嫌犯照片，得到『長得很像』的證詞……可是不能光憑這一點就發佈通緝令吧？向全國公佈照片，萬一弄錯人就慘了，不是嗎？」

「當然，會演變成人權問題的。」

「是啊！可是，如果是素描，就算最後是弄錯了也不會有問題，因爲又沒有公佈姓名，只要說世界上眞的有人長得很像，事情就算了結了。」

瑞穗咬緊嘴唇。

「好狡猾……」

「妳如果眞的這麼想，乾脆早點辭了工作吧。」

「爲……」

瑞穗嚥了嚥口水。

「爲什麼？」

「我們的工作就是抓壞人。爲了抓人，還能選擇手段嗎？要是放縱壞人，他們的同夥一定又會幹下新的案子。」

「……」

「總之，嫌犯素描是逮捕壞人的工具之一。既有一般的用法，當然也有像這一次的手法，佈下全國天羅地網來逮住這個有重大嫌疑的傢伙。」

湯淺可能預料到瑞穗完全無法反駁，主動「自白」了依據照片畫出嫌犯素描的事實。

「可是……」

瑞穗抗辯。

「我還是覺得這種手法太骯髒了，而且素描者的心情又該怎麼辦？大家對於自己工作都感到驕傲，然而被逼著看照片畫圖，甚至爲了宣傳警方的形象，被迫當上立功女警……這實在太過分了。」

湯淺別過臉去。

「女警不是組織裡的玩具，不是工具，我們有心，也會受傷……」

她的聲音哽咽，眼淚隨時都會奪眶而出。

湯淺把臉轉回來，不懷好意地笑了。

「又不是每個女警都像妳這麼天眞。」

瑞穗正想回嘴，門邊傳來輕快的腳步聲。

眞奈美進來了。好像很高興，卻又有點膽怯的表情……

瑞穗小跑步過去。

音部剛才可能到隔壁的記者室，他從外面開門。

「各報社都在等，差不多該過去了。」

好！湯淺站了起來。

瑞穗握住眞奈美的手，對她耳語。

「不要去，不然妳絕對會後悔的。」

眞奈美拒絕似地甩開瑞穗的手，凝視著她。

是那種眼神。挑戰似的，和當時一樣的眼神……

下一瞬間，眞奈美神情一變，笑了。

「學姊……妳是在嫉妒嗎？」

「怎麼可能？」

「妳好像有什麼誤會，可是我問心無愧。」

「咦？」

「我不是看著照片畫的。」

七

果然心不在焉吧，瑞穗並沒注意「民眾諮詢專線」電話響了，被一旁的井田加代子接了過去。

瑞穗以嘴形向接聽電話的加代子說「對不起」，對方爽快地揮手示意「不用在意」。加代子雖然和瑞穗同樣是電話諮詢員，不過年紀大了她一輪，瑞穗竟然把午後的第一通諮詢電話塞給了這位老前輩。

瑞穗輕聲嘆息。

「立功女警」的報導見報之後，今天是第三天了，三浦眞奈美什麼也沒說，瑞穗原本預料眞奈美會到宿舍房間找她，還跟同室的林純子報備，晚上沒有把房門鎖上，自己房間的門也一直開著，但是一樓的眞奈美並沒有上樓。「妳這是在等心上人夜訪嗎？」她每晚都被純子這麼調侃。

她腦子裡一片混亂，覺得充滿了一團濃霧。

我不是照著照片畫的……

眞奈美那句話是什麼意思？

湯淺都招出來了。縣警在逮捕砂田明歸案之前，手中就已經握有他的照片了。把那張照片交給眞奈美，命令她畫出一模一樣的嫌犯素描，然而眞奈美並沒有照著做嗎？

不可能，短短數秒的目擊證詞，再加上眞奈美的素描功力……，這是不可能的。不看照片，她不可能畫出那張奇蹟般的嫌犯畫像。

眞奈美對瑞穗說謊，就是這麼回事。

爲了逮捕犯人，無論使出什麼手段都無所謂，爲了警察組織的宣傳，可以毫不在乎地撒謊。眞奈美的想法也和湯淺一樣嗎？

學姊……妳是在嫉妒嗎？

白白擔心一場。或許是這樣，眞奈美並不會受傷，反倒是因爲當上「立功女警」而高興。若是如此，瑞穗自己在這裡七上八下地擔心著，豈不像個小丑？

別想了。

然而，腦子裡依然殘留著眞奈美的身影——她低著頭，無精打采地走過中庭的身影……

瑞穗吃驚地抬起頭。

電話響了，剛結束上一通諮詢電話的加代子伸出手，瑞穗搶先接起了話筒。

「您好，這裡是民眾諮詢專線。」

「啊！我啦，我啦……」

是「畫樓」的老闆打來的。他說那個姓篠原的女人，今晚會來店裡。

接下來的午後漫長難耐。

下班後，瑞穗匆匆趕往「畫樓」，正好在六點抵達。她一衝進店裡，就看到一名年約五十幾歲的婦女，不知所措地待在茶室裡。

篠原房子。據說是「從古井仰窺的女人」的作者的獨生女，一如老闆所說的，她有一張瓜子臉及一雙細長而清秀的眼睛，確實有畫中的容貌。如果說畫裡的女人年紀漸長，變成了眼前的這位房子，每個人都會點頭表示同意吧。

令人吃驚的是，老闆竟然請房子看店，自己跑出去喝酒了。他逃走了，因爲不想知道「從古井仰窺的女人」的秘密，或是害怕知道。

「怎麼辦啊？他連錢也不肯收……」

「我想應該沒關係吧。大叔本來就很喜歡這幅畫，一直說想歸還。」

瑞穗替害羞的老闆說出了他可能講不出口的話。

「話說回來……」

瑞穗轉頭看著牆邊的「從古井仰窺的女人」。

房子主動告訴瑞穗有關畫作的種種。

這幅畫的作者是房子的父親倉田章三，他好像是個四處旅行的流浪畫家。章三並沒有師事任何人，也沒有收任何弟子，只是默默地持續創作賣不出去的畫，直到死前都過著貧窮的生活。他並沒有正式結婚，卻與房子的母親共同渡過了將近五十年的生活。五年前，他以七十八歲的年齡辭世。

想像起流浪畫家的生涯，瑞穗沉溺在一時的感慨中。

「他一直都是一邊旅行一邊畫畫……？」

「是的。」

有好多想問的事。

「這幅畫是什麼時候完成的？」

「已經是四十年以前的事了。」

瑞穗感到納悶。

她在腦中計算。房子已經年過五十，但是怎麼看都不像年近六十歲。那麼繪製這幅畫的時候，房子是十五歲左右……。可是，畫中的女性看起來更成熟，應該是已經超過二十歲了。

「呃，恕我失禮，這幅畫的模特兒……」

房子笑了出來。

「嗯，那不是我。」

「咦？那是……」

房子望著遠方。

「那是我父親的母親。」

「咦？」

「也就是我的祖母。」

說明到此，瑞穗的腦筋好不容易開始動了起來。

「倉田章三先生的母親……」

「是的，沒錯。」

瑞穗瞭解了。換句話說，房子長得像祖母。

「聽說我父親被拋棄了。」

房子唐突地說道。

「祖母在十七歲時生下我父親，五年之後和愛人私奔了。」

瑞穗說不出話來。

「所以，這幅畫是父親五歲時的記憶。」

瑞穗緩緩地轉頭，以害怕的眼神望著畫作。

拋下五歲的孩子，離家出走的母親的臉孔……

瑞穗渾身顫抖。

「可是……可是……這個女人的表情……」

「是的，確實感受得到各種情緒，父親一定覺得……」

房子以清澈的眼神凝視著畫作。

「祖母絕不是因爲憎恨才拋棄他的，父親寧願這麼想，所以賦予這張臉孔所有的感情。」

「……」

「自己被推進黑暗的深井中。但是，父親並不只是憎恨他母親，還有懷念，或許他把這種心情寄託在這幅畫裡。晚年，父親曾經這麼說……人物畫的作者與模特兒若無法心靈相繫，就只是單純的人體素描而已。」

老闆喝得醉醺醺地回來，瑞穗藉此爲由離開了「畫樓」。

瑞穗開著車行駛在縣道上。

許多話在腦海中盤旋。憎恨……愛情……人物畫……心靈相繫……人體素描……

忽地，她受到一股宛如被鈍器毆打的衝擊。

奇蹟般的嫌犯素描……

她緊急煞車，此時後面若有車一定會被追撞。

瑞穗把額頭抵在方向盤上。彷彿在烈日下跑了好幾圈操場似地，從喉嚨間呼出一次又一次灼熱的喘息。

八

爲什麼？爲什麼在做這種事？

頭好沉重，好想吐，說老實話，不想待在這種地方。很想要立刻鑽進被窩裡，蓋上棉被睡覺。可是……

瑞穗在熄燈後的女子宿舍餐廳，和三浦眞奈美面對面地坐著。

她覺得一定要趁今天說出來不可。

「案發之前，妳就認識砂田明這個人了……」

眞奈美輕聲一笑，點點頭。

爲什麼沒發現？在繪畫教室碰面時，眞奈美就說過了。

我到去年爲止，都還待在N町的派出所……

沒錯，砂田就住在距離N車站東邊三百公尺的公寓。

「次席把照片交給我，可是我幾乎沒看，一下子就畫出來了。因爲我當初在那裡執勤時，砂田幾乎每天都會經過派出所。」

「只是這樣？」

聽到瑞穗這麼一問，眞奈美的臉色變了，視線落在遠處的某一點，咬著嘴唇，臉上的表情像是在與什麼對峙一般。

那張嫌犯素描畫得非常好，不只技巧高明，而且充滿張力，栩栩如生。這不是技術上的問題，毫無疑問的，那張嫌犯素描是「人物畫」，是作者與模特兒心靈相繫的作品。因此才會讓瑞穗甚至覺得是「奇蹟」。

眞奈美拉回視線，想擠出笑容。

「我喜歡搖滾樂，也常去看現場表演……不行嗎？女警不能去夜店看現場表演嗎？」

「不，沒關係吧。」

「就是啊，我在派出所執勤時，經常從砂田那裡拿到入場券。他們那個樂團，感覺好像只差一點點就可以出道了，看到那樣的人，難道不會想替他們加油嗎？」

「嗯，我瞭解。」

「砂田還讓我到後台參觀，我的警務工作做得實在不好，當時也曾經想過要去學學樂器。可是……」

眞奈美低下了頭。

瑞穗感到全身僵硬，砂田的前科是強姦。

「那天，砂田打電話到派出所，說他朋友違規停車被開罰單，叫我想想辦法。我說我做不到，他就非常生氣。」

他……

「我被他罵得好難聽……。說什麼沒用、不就是爲了這種時候才留著妳嗎、母狗……之類的……」

「不要說了。」

瑞穗打斷了她。

「這麼晚了還叫妳出來，對不起……知道妳不是看著照片畫的，我總算稍微放心了。說老實話，我以前曾經做過這種事，下場很慘，所以……」

「我知道。」

「妳知道？」

「嗯。」

「所以，我只是有點擔心而已。那，回去睡覺吧。」

已經到了極限了，她覺得腦袋沉重到連脖子都快撐不住了，思考和感情都快停擺了。

互道晚安，瑞穗正準備離去，真奈美在背後說話了。

「我之前曾說過吧？我一直把平野學姊當成工作上的激勵。」

不用回頭，光聽聲音也知道，那雙挑戰般的眼神……

「學姊那件事，讓我一直感到大快人心。學姊既溫柔又努力、工作表現良好，卻因為上級的事吃足了苦頭，被搞得一蹶不振。」

「妳爲什麼說這種話……」

瑞穗回頭說道，聲音在發抖。

「所謂人，不都是這麼回事的嗎？說什麼看到別人努力，自己也會鼓起勇氣，其實那是騙人的。看到沒在努力的人或是無力振作的人，就會感到安心，覺得太好了，或是認爲活該。人不都是以此爲激勵才活下去的嗎?」

「三浦……」

「如果下一次上級又拿照片給我，我也會照著畫，這種事我根本不在乎。」

「爲什麼?因爲搜查上的需要嗎?」

「不是。因爲……因爲我……」

挑戰的眼神充滿了淚水。

「我是個沒用的女警。無論交通、輔導還是嫌犯素描，沒有一樣做得好。我沒辦法像平野學姊一樣，觀察到我臉上的汗水，就知道我是停好車走路過來的……我恨死了這些小細節，平野學姊這種人我看了就討厭!」

眞奈美跑出餐廳。

或許應該慶幸恰巧是這樣的日子，否則連瑞穗也要哭了。

她爬上二樓，走進房間。林純子的房間裡透出微弱的燈光。她還醒著嗎?瑞穗走進自己的房間，整個人癱躺在床上。

關燈。

睡不著，身體和頭腦明明累成這樣。

那張嫌犯素描掠過腦海。

是對砂田的憎恨讓她畫出來的。

只是這樣而已嗎?

他……

眞奈美和砂田之間究竟發生了什麼事？

是愛情讓她畫出來的……

眞奈美很痛苦，所以那天才會無精打采地走過中庭……

笨蛋……

忘了眞奈美的事吧！

睡不著。

被人家說成那樣，怎麼可能睡得著。沒錯，說是這麼說……

過了一會兒，瑞穗爬出被窩。

她打開門鎖。

回到床上，閉上眼睛。

當眼睛再度睜開時，已經過了多久？枕邊的鬧鐘指著午夜十二點。

瑞穗朝著響起細微敲門聲的門說道。

「門沒鎖。」

共犯

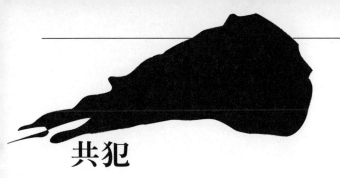

一

街道上充滿了濃濃的秋意。

車上配置的警用無線電，正在通報一一〇的竊盜案內容，爲了避免讓過往行人聽見，把音量調到最小。車子停在國道旁某家便利商店的停車場內，就在最裡面最不起眼的地方，已經停了快一個小時。

平野瑞穗在駕駛座上挺直背脊，以生澀的動作架起單眼相機，凸出將近三十公分的長鏡頭令她難以操作。從觀景器中央捕捉到身穿淡綠色制服的年輕女性，瑞穗穩住顫動的手，從鏡頭裡可以清楚看到對方厚重的妝容及忍住呵欠的臉部表情。她把相機稍微往左移，另一名穿著同款制服的女性進入視野，那是一張令人聯想到女兒節人偶的素淨臉孔……

「怎麼樣，左邊的比較好看吧？清純可愛。」

副駕駛座的音部主任迫不及待地說。

「嗯，還好……」

「年紀和妳差不多吧？二十三、四歲左右！」

「或許吧。」

瑞穗曖昧地回答，視線從觀景器移開。隔著單線二車道的國道，視野切換到對面的「霞銀行增淵分行」全景。

「借我看看。」

音部把相機搶了過來。

「嗯…果然是左邊那個比較漂亮……，胸部也蠻大的。」

這是性騷擾。如果是現在的粉領族，或許會嚴厲斥責。但是，瑞穗充耳不聞地看著手錶。

早上九點五十三分。馬上就要「展開行動」了。

「主任，那些客人怎麼辦？」

音部對儲蓄部窗口那名女行員戀戀不捨，移動著相機。

「三個人……。不，一個出來了。」

「那，如果剩下那兩個也出來的話，就可以下令了嗎？」

「嗯，就那麼辦吧！」

瑞穗從肩包裡取出手機。等待客人離去的適當時機，下達向「搶匪」展開行動的指令……

瑞穗在擔任女警之前就聽說銀行搶案的演習訓練是防治犯罪活動期間的重頭戲。警方事先把媒體集中在銀行，然後由長相凶惡的刑警扮演持刀歹徒，闖進銀行大叫：「錢拿出來！」犯人與行員之間的對話就像演戲，不夠逼眞，甚至有些女行員在過程中偷笑。

現在不一樣了，大部分的演習完全採用突襲方式。只有分行長一人接到「分行今天即將被搶」的通知，其他十三名行員會以爲是一場「眞正的搶案」。警方與金融機關定期開會，搶案對策也已經條例化，然而實際發揮的效果如何，必須以實地演練來測試才知道。

警方本身也是比照辦理。除了刑事部的幹部及極少數工作人員之外，其他人並未被告知今天的演習，管轄增淵町的S署自然不用說，機動搜查隊（機搜隊）和汽車警巡隊等各部署，在完全不知情的狀態下展開搜查，尋找上級嚴令「認眞逃亡」的搶匪，並緝捕到案。

可能是目前的治安情勢令警方無法再進行戲謔式的訓練了，所以並沒有事前連絡各家媒體。取而代之的是，宣導室的音部將會在傍晚把備妥的「搶匪」照片與訓練結果新聞稿一同發給各報。

——唉喲，快點出來啦！

瑞穗焦急不安，已經過了演習預定時間早上十點了，但是那兩名客人還沒有出來。她握住手機的掌心汗水淋漓，雖然只是一場演習，但是一想到數百名警察將會以她撥打的電話爲信號，一起展開行動，就令她無法平靜下來。

「哦，一起出來了。」

音部的話聲剛落，分行的自動門打開了，一名穿著西裝的年輕男子走出來……，接著是一個看起來像是零售店老闆的中年男子快步走出人行道。

「我要打了。」

瑞穗正要按下手機的速撥鍵，卻又抬起了視線。她看到某個影像，是一個老人。距離分行十公尺左右的右側，在精品店林立的橫向大樓前人行道上，一個手持拐杖的老人面朝著她站著。

「怎麼了？趕快打啊？」

「那個老爺爺很危險。」

瑞穗說著說著已經打開駕駛座的車門。只要演習一開始，分行前的人行道會亂成一團，做案之後的「搶匪」如果往老人所在的方向逃跑，老人會被捲入追捕行動中發生危險。

瑞穗穿越斑馬線，小跑步經過分行前，對著人行道上的老人說話。

「啊，對不起。」

大大的鷹勾鼻轉向瑞穗。

「什麼事？」

老人的聽力和視力都還不錯，比遠看的感覺年輕多了，可能七十出頭吧。不過，從拄拐杖的方式看得出他在保護右腳，腳上穿著拖鞋。這幾天早晚的氣溫下降，感覺老人蒼白赤裸的腳好像很冷。

瑞穗端正地鞠躬說道：「很抱歉，能不能麻煩你離開這裡？」

「啊？」

「再過一會兒，這裡要舉行小規模的警察演習訓練，萬一有什麼閃失就糟了。」

「妳說警察……」

老人明顯露出厭惡的表情，盯著瑞穗仔細打量。

「妳也是警察？」

「啊，是的。」

瑞穗從肩包中取出警察手冊。她翻開封面，出示記載所屬的永久用紙第一頁。

「我是總部搜查一課的平野瑞穗。」

老人看看瑞穗的照片，哼了一聲，撇過臉去，取出不知是旅館還是飯店的火柴點燃香菸。

「妳的意思是老頭子礙事，要趕我回家嗎？」

「啊，不是的。如果你聽起來像是這個意思，我向你道歉。可是，我的意思並不是……」

「好啦，知道啦，老頭子快滾就是了。可是啊……」

老人一臉煩躁地吐出煙。

「這可不是賣警察面子啊！」

「是……」

「我是自己想走的，知道嗎？」

「是的，當然了，那樣就好了，你幫了我們大忙。」

說著說著，瑞穗看到有新客人走進分行了，音部坐在車子裡一定不停地咋舌。

老人緩慢地離開了。

目送他的背影，瑞穗並沒有回到車上，而是又跑到約十公尺左右的人行道上。她看到公車站附近有個抱嬰兒的年輕母親。

「請問妳要搭公車嗎？」

「不……沒有。」

一雙細長的眼睛看著瑞穗。那名女性臉型扁平、有點雙下巴，妝化得很濃，彷彿要彌補這些缺點似地；白色高領衫搭配吊帶牛仔褲；瀏海有金色挑染，粉紅色的穿洞耳環在耳垂上閃閃發亮，年約二十幾歲。總之，這個年輕女孩看起來一點也不像母親。

「如果不搭車的話，可以麻煩妳離開嗎？」

瑞穗把對老人所做的說明再重述一遍，年輕母親乖乖聽話。臨去之際，剛鬧過情緒的嬰兒還用一雙圓滾滾的大眼睛不可思議似地盯著瑞穗。

回到車上，已經十點十八分了。不出所料，一臉不悅與滿口抱怨正等著她。

「喂，妳打算破壞這次訓練嗎？」

「對不起。」

瑞穗拚命抑制急促的喘氣，握住手機，望向分行。

之後不到一分鐘，分行的自動門打開，肥胖的中年女子匆促地走出來。

「趁現在，上吧！」

音部一聲令下，瑞穗按下手機速撥鍵。

「喂……這裡是齊藤。」

「我是平野。請開始行動。」

「瞭解。」

幾乎在電話掛斷的同時，在大樓角落出現兩名男子。等得太久，他們一定也很不耐煩吧。

音部下車，架起長鏡頭相機，在連續按下的快門聲中，「雙人搶匪」迅速沒入分行內。

演習行動展開。早上十點二十分……

二

雙人搶匪的動作有如旋風般迅速。

頭戴全罩式安全帽的男子，衝進銀行之後，順勢跳到櫃台上，暗灰色的擋風面罩看不清楚長相，他右手揮舞著槍身截短的獵槍，激動地大叫。

「雙手舉起來！不許按鈕！」

女行員的尖叫聲重疊在一起。

「閉嘴！想找死！」

另一名用墨鏡和口罩遮住臉孔的男子跳過櫃台，把手中塑膠袋的液體潑灑在業務室地板的正中央，汽油味四處瀰漫。男子把 ZIPPO 打火機高舉過頭，用拇指滑開蓋子點火。

「如果不想變成焦黑的屍體，就乖乖聽話！」

無懈可擊的威脅。分行裡設置的警急通報鈕比行員人數還多，卻沒有人敢輕舉妄動。

戴墨鏡的男子把黑色提袋丟到分行長的辦公桌上。

「錢！把所有的錢塞進去！」

分行長要出納股的男行員照辦。墨鏡男子推著男行員的背，把他帶到出納機前，按著他的肩膀要他坐下。

銀行裡的氣氛凍結了。

坐在櫃台的兩名女出納員全身發抖，低著頭不敢窺看。戴安全帽的搶匪就高高站在櫃台上。雖然這兩人負責「記憶犯人的身高」，不過看樣子是行不通了。

在出納員背後，儲蓄部窗口的女行員陷入恐慌中，卻拚命想執行「記憶服裝」的任務。她往上偷瞄安全帽男子。黑色牛仔褲……灰色開襟羊毛衫……有紅色線條的運動鞋……

另一名負責「記憶服裝」的行員，則是儲蓄部主任兼分行長代理。他只移動視線，觀察墨鏡男子。深藍色長褲……黑色POLO衫……

「記憶長相」、「記憶髮型」、「記憶年齡」分別由融資部的行員負責，但是完成任務的只有「記憶髮型」的負責人而已。墨鏡男的頭髮是全部往後梳……

負責「追蹤」與「丟擲彩色漆球」的數名男行員，看來暫時沒有登場機會了。他們在腦海裡不斷地描繪追蹤犯人的情景，然而實際上沒有人有自信行動。

袋子裡裝滿現金之後，安全帽搶匪大聲宣告。

「好！全部都趴下！」

在分行長的催促下，行員們全部趴在地板上。即使不情願，汽油引燃的恐怖也近在眼前。幾名女行員哭了出來。

「喂，都聽好了！數到一百之前，誰都不許動！」

墨鏡男把ZIPPO的蓋子弄得喀鏘、喀鏘作響。

「別忘了，要是誰敢動，所有人都會被燒死！」

三

自動門打開，「雙人搶匪」衝出分行。音部一邊用長鏡頭相機連拍一邊大叫。

「喂，要逃走了！快追！」

三名年輕行員從分行裡奔出。高個子的手裡握著一顆漆球。

「是那傢伙，高田！好，讓我們看看甲子園三戰的投手本領吧！」

雙人組即將繞進大樓轉角時，高田以充滿力量的動作投出一記如箭矢般的直球。方向有點偏離，擦過大樓牆壁才命中。球體瞬間破裂，橘色的螢光塗料噴濺出來，大量地沾染了後方男子的褲子。

「順利命中！」

「好棒！這麼一來一定抓得到！」

瑞穗也興奮無比。

分行內似乎也按下了警急通報鈕，警車上的無線電發出「案件」第一報。

「訓練訓練，D總部通報各局！發生搶案！地點在S市增淵町三之三之四，霞銀行增淵分行！犯人有兩名！正從現場往東方徒步逃逸！犯人中了漆球目前正在查證中！一有消息會立即通知……」

是通訊指令課佐山組長的聲音。他是少數被通知今日演習活動的工作人員之一。

頃刻間，無線電通訊變得異常忙碌。

「訓練訓練，S署瞭解！」

「訓練訓練，機搜隊瞭解！」

「訓練訓練，警巡隊瞭解！」

「好，要來了。」

語畢，遠處傳來了警笛聲。接二連三的警笛聲此起彼落，街上的氣氛變得很混亂。

首先趕到的是警巡隊的警車。無線電傳來自傲的語氣。

「訓練訓練，警巡15，抵達現場！」

被捷足先登的S署警車氣極敗壞地闖入，緊接著是機搜隊的兩部偵防車……

可能是分行長吧，一名頭髮半白、相貌英挺的中年男子在銀行前被搜查員團團包圍；派出所的制服警察騎機車趕到，拉起黃色的警戒線；鑑識課的廂型車也跟著抵達，抱著器材的警員衝進分行裡；兩隻警犬開始嗅聞人行道上的氣味，搜查車輛絡繹不絕。紅燈、警笛、無線電通訊、此起彼落的吼叫聲，人行道周邊也被看熱鬧的群眾擠得水洩不通。

「或許還是妳對。」

音部低聲說道。

「什麼事？」

「老人和嬰兒。幸好妳叫他們離開。」

瑞穗微笑。就在這時候——

「什麼……？」

以無線電流暢指揮的佐山組長發出奇怪的叫聲。

瑞穗和音部面面相覷。

數秒之後，佐山的聲音回到無線電。

「D總部通報各局！發生搶案！地點在S市北川町二之五之八，霞銀行北川分行！」

急報……？北川分行……

無線電沒有回應。

瑞穗與音部望著彼此愣住的表情。下一瞬間，傳來了佐山的狂吼聲。

「本案非演習！」

「不可能……」

瑞穗忍不住低語。

「緊急緊急，D總部通報各局！重複一次！本案非演習！」

各局同時驚醒。

「S署，瞭解！」

「機搜隊，瞭解！」

「警巡隊，瞭解！立刻趕往現場！」

「呃，喂，平野，我們也過去！」

「啊，是！」

瑞穗急忙轉動鑰匙，發動車子。

「緊急緊急，D總部通報各局！犯人有兩名！在分行內潑灑汽油，搶奪現金約三千萬圓，目前已逃逸！」

同樣在S署轄區內同屬「霞銀行」的分行被搶了。而且就在同一時刻……

瑞穗滿懷疑惑地操控著方向盤。分行前的國道上，機搜隊緊急發動的偵防車從側面撞上了警巡隊正要迴轉的警車，殺氣騰騰的叫罵聲不絕於耳。

眼前的景象宛如電影裡的一幕，激烈地撼動了瑞穗的心。

這不是巧合……

這麼想的一瞬間，一陣戰慄竄過全身。

犯人看準了警方的混亂？

即使現在把縣內西區的搜查車全部調到這裡來也不為過。儘管同樣在S署轄區內，增淵町位於S市的南端；而北川町一如地名所示，位於北部外圍。

「無論再怎麼趕，從這裡出發最快也要二十分鐘啊！」

可能正在考慮同一件事吧，音部呻吟似地說道。

犯人知道增淵分行今天將舉行演習，事先就知道了，所以選在這個時段偷襲沒有半點警力的北川町分行……

一椿嘲笑警力的犯罪。

別開玩笑了。

戰慄化爲憤怒與不甘，覆滿了瑞穗的胸口。

四

D縣警總部本廳舍五樓，搜查第一課「犯罪被害者支援對策室」裡……

瑞穗在下午兩點過後才回到原來的工作崗位，一踏進辦公室，就被代理室長田丸叫了過去。

「辛苦妳了。好像完成了不得了的訓練！」

身爲電話諮詢員的瑞穗會被指名擔任防犯演習的工作人員，是因爲她隸屬搜查一課，而且在調過來之前還待過宣導室。依照搜查一課課長的命令，她只對田丸報備「我去支援一課」，便前往增淵町，然而事情演變到目前的局面，田丸應該也聽說了瑞穗參與演習的事吧。

「嫌犯的……情況好像不明朗！」

「咦？」

諮詢員井田加代子正在前面的辦公桌講電話，田丸的聲音小得幾乎聽不見。

瑞穗坐在鐵椅子上，湊近田丸。

「什麼？」

「聽說嫌犯下落不明？」

「啊，是啊。好像是這樣。」

可以說是一如犯人所願。「演習」拖延了「眞正」的搜查行動。犯人在增淵分行的演習展開五分鐘之後闖入了北川分行。雖然令人氣憤，但那是一個絕佳時機，當集結在演習現場的搜查車趕到北川分行時，犯人早已不見蹤影了。

而令人聯想到「職業慣犯」的犯罪手法，也使得搜查更加困難。搶匪命令分行長手下十五名行員全部趴在灑滿汽油的地板上，可想而知，聽命行事的行員們有多驚恐，只要一個人移動，所有人都會被燒死。犯人似乎也說出這一類的威脅，行員陷入動彈不得的狀態，即使感覺犯人好像已經離開現場，也沒有人敢立刻站起來。所以到目前為止，連犯人的逃逸方向和手段都尚未查明。

諷刺的是，這樁搶案出現了與演習行動完全相反的結果，沒有人按下緊急通報鈕。據說，負責「把彩色漆球丟向犯人」的人連球都忘了拿，唯一的線索只有兩名犯人的服裝及其中一名男子的髮型，現場遺留一只裝了汽油的塑膠袋，那是在全國超市或假日木工店大量販賣的商品，也別期望追得到銷售點。

不管怎樣，犯人是知道今天的演習才犯案的，只能這麼想了。

「分行長好像受到了質詢。」

田丸壓低聲音說道。

瑞穗深深地點頭。

警方當然會這麼做。瑞穗也在車上和音部主任討論過，只有增淵分行的分行長知道演習日期，他好像姓相澤。雖然很難想像會有人讓歹徒來搶自己任職的銀行，可是相澤分行長不小心向誰洩露了演習日期的可能性相當大。

「聽說分行裡有他的外遇對象。」

「咦……？這樣嗎？」

這倒是第一次聽說。

「好像從以前就有傳聞了，而且分行長好像很花心。」

田丸似乎相當熱心地蒐集情報。

瑞穗回到自己的座位上。

相澤分行長……。腦海中浮現那張頭髮半白、相貌英挺的臉孔。的確，以銀行員來說，這個男人感覺有點輕浮。如果外遇對象是同分行的人，在事前透露演習的事也並非不可能。難不成是那個外遇對象的女子，把情報洩露給犯人……

她的思考被中斷，眼前的內線電話響了起來。

「我是監察課的海老澤，妳立刻到地下室的分室。」

連驚訝都來不及，電話就掛斷了。

監察課……？到底有什麼事？

瑞穗感到有點不安，走下樓梯。

本廳舍地下一樓，細長幽暗的走廊盡頭，掛著「監察課分室」的牌子。她第一次進去。她伸直背脊，抬頭挺胸，她已經檢視過自己了，並沒有做出任何愧對警察官身份的事情。

瑞穗一敲門，裡頭便傳來低沉的應答。她推開門。

「打擾了。」

她知道自己的聲音在微微顫抖。

約五坪大的狹小房間，一張鋼製辦公桌及兩把對放的鐵椅。這裡的擺設與偵訊室太像了。

坐在靠門邊那張椅子上的海老澤監察官轉過頭來。

「坐吧。」

「是……」

海老澤透過銀絲邊眼鏡直盯著瑞穗。一道冰冷的視線直視著她。

「我想問的是關於早上防犯演習的事。」

瑞穗瞭解了，自己也被歸類在與相澤分行長相同的立場。

「妳是什麼時候知道演習的日期？」

「是！前天下午，我接到搜查一課課長的通知。」

「禁止洩密，他有這麼交代妳吧？」

「是的。」

「那麼我問妳，妳事前有跟誰提過演習的日期嗎？」

「不，我沒有告訴任何人。」

瑞穗斬釘截鐵地說道，卻倏地瞪大了眼睛。突然甦醒的記憶讓她面無血色。

她曾經在宿舍裡跟同室的林純子說過。不，也許是說了……

她的狼狽應該不會逃過海老澤的法眼。

「怎麼了？」

「……」

「說！」

「對不起……我也許跟室友說了。」

「也許？」

瑞穗臉色蒼白地點點頭。

昨晚在很晚的時候，純子敲著瑞穗的門並叫她。明天要不要一起吃午飯？瑞穗已經上床睡覺了。明天不行，有演習。她確實是這麼回答的。

她並沒說「搶案演習」，也不記得說過「增淵町」或「銀行」等字眼。但是，她也沒有自信確定沒有說。瑞穗當時睏得要命，感覺像是沒經過大腦，而是用嘴巴無意識地回答。

「沒有清楚的記憶，那就表示也有可能說出去吧？」

「是……」

海老澤在文件上寫了些什麼。

「有沒有再跟其他人說？」

「其他人……」

瑞穗變得謹慎，暫時嚥下了否定句，拚命回溯記憶。忽然間，腦中浮現便利商店店長的臉孔。這種事是不是也應該說出來？

「那個……今天早上，在申請停車場許可時，我跟便利商店店長提過。」

「怎麼說的？」

「我說警方等一下會在附近舉行演習……只有這樣而已。」

海老澤沉默地記錄下來。

「啊，還有……爲了避免發生意外，我也把演習訓練告訴兩位民眾。分別是在分行附近人行道上的老年人，還有抱著嬰兒的年輕母親。」

海老澤並不感興趣。因爲在演習展開之前才獲得情報，確實不可能與兩名現行犯串通。他或許是這麼判斷吧。

然而，瑞穗卻發現了某個重要的事實。

現行犯……，共謀……

她差點叫出聲來。

除了兩名現行犯之外，還有共犯……

或許是這樣。不，如果不這麼想，就說不通。

演習的預定時間是上午十點，相澤分行長和警方的工作人員都接到通知。然而，分行在那段時間內還有兩名客人，再加上花時間請老人和年輕母親離開，結果演習延到了十點二十分才開始，那是偶發狀態。

但是，在臨時變更的演習時間開始之後過了五分鐘，增淵町的北川分行就被搶了。爲什麼犯人會知道這個「絕妙的時機」？假如犯人憑著事先得知的演習情報，制定作案計畫，那麼

「眞搶案」應該比「演習」更早發生。

也就是……

有人在演習進行的瞬間通知了那兩名現行犯。

做得到這些的，只有當時在增淵分行附近的人。大概是看到佯裝歹徒的刑警進入分行後，再用手機連絡那兩人。當然，那兩人則在北川分行附近待命，接到了共犯的通知後，在五分鐘之後行搶。

瑞穗再度感到震驚。

就在附近！搶案的共犯，當時就在瑞穗的附近。

她立刻想起那個鷹勾鼻老人。

她覺得他不只是頑固，而且好像很討厭警察。

在腦海中取而代之的影像是那名年輕母親的臉孔。

明明不搭公車，爲什麼在車站附近閒晃呢？

不，瑞穗只是剛好留意到那兩個人。在那個時段，有幾十個人在分行前的人行道上往來。或許負責連絡的共犯是行人之一，也有可能躲在車上或在某大樓監視著分行。只要有心，分行內部的人也有可能連絡。在刑警闖進來的一瞬間，不按緊急通報鈕，而是在桌子底下偷偷按下手機的速撥鍵。

瑞穗下了小小的決定，望著海老澤。犯人至少有三人。她想報告這個「發現」。

然而，海老澤的薄唇比她快了一步。

「妳現在有交往的對象嗎？」

「咦？」

突然攻其不備。不過瑞穗臉上的緊張表情鬆懈下來，這是老毛病，每次只要被問到交往對象時，她就會露出這種打馬虎眼的笑容。

可是海老澤的眼神不是在開玩笑。

「有什麼好笑的，回答我！妳有交往的對象嗎？」

瑞穗感到全身僵硬。

「沒有。」

「以前呢？」

她懷疑自己聽到的。

「為什麼要問這種……」

「我們有必要掌握妳的交往關係。連過去的也算。」

「我一定要回答嗎？」

嘴唇顫抖。

「如果妳不想回答也無所謂。」

海老澤冷冷地說道，視線落向手邊的文件。

「在被害者支援對策室之前是宣導室……，最早以前在鑑識課吧？」

「是的。」

「妳隸屬於機動鑑識班，聽取被害者及目擊者的證詞，繪製嫌犯素描。」

「是的。」

「被當時的鑑識課課長森島光男命令重畫嫌犯素描，因為不服從而失蹤，引起騷動，最後還停職半年……沒錯吧？」

「是的……」

瑞穗咬緊嘴唇。

事實上並不是重畫而是竄改，身為監察官應該知道。

海老澤抬起頭。

「妳喜歡警察嗎？」

瑞穗倒抽了一口氣。

她覺得這個問題很狡猾。提到竄改事件之後，立刻問這種問題，太狡猾了。

「回答我！妳喜歡警察？還是討厭警察？妳站在哪一邊？」

「我……」

連現在也幾乎要流下悔恨的眼淚。

「我對女警的工作感到驕傲。」

「這不是答案。」

「……」

「算了！那麼，最後的問題。」

海老澤的聲音和眼神冰冷到了極點。

「妳願意發誓，妳和這次的搶案毫無關係嗎？」

五

晚上七點……

瑞穗坐在女子宿舍的床上。她垂著肩膀，低著頭，呼吸也變得紊亂，胸口隱隱作嘔，連晚餐都吃不下。

她對組織的忠誠遭到懷疑。不，自從嫌犯素描竄改事件以來，她一直被懷疑。

那就是海老澤的工作。

雖然這麼想，卻無法理解。

就像刑警不只懷疑可疑者，也會懷疑所有人；監察官的工作就是懷疑所有的警察。

即使腦袋明白，還是無法理解。

身體還在發抖。

但是，瑞穗並非只想著自己的事。

好慢……

室友純子還沒回來。她可能也和瑞穗一樣，受到海老澤的調查。因爲瑞穗說出了她的名字，純子也一定會被追問男人的事。

她很擔心這一點。

純子有交往的對象，是在交通機動隊警車擔任巡邏勤務的巡查部長，名叫深井，兩人甚至論及婚嫁了。

八點過後，純子才回到房裡。她悄悄地走進來，不過瑞穗把房門打開，所以馬上就發現了，並出聲叫她。純子顯得很憔悴，那張人見人愛的可愛臉蛋，就像交通企畫課的吉祥物一般，現在卻令人不忍卒睹。

「純子，對不起。」

瑞穗一說，純子便撲倒在她的懷裡，決堤似地大哭起來。

「好過分……，太過分了……」

純子果然也受到海老澤的訊問。

「我只是從瑞穗那裡聽說有演習，可是只有這樣而已。是哪種演習、在哪裡、什麼時候開始，我根本就不知道……，都已經跟海老澤警視說過了……」

純子的聲音哽咽。

「可是……連他也被偵訊了。」

瑞穗忍不住仰起頭。

「海老澤警視知道我在跟他交往，一直問他有沒有從我這裡聽說演習的事。他都已經說沒有了，海老澤警視還不相信。他被逼問得好慘，簡直就被當成犯人一樣。」

她的聲音悲痛。

運氣太差了。深井今天沒有值班，被海老澤問到犯案時段的不在場證明，他無法提出來。上午，他一個人去了自行車賭場，不但無法提出不在場證明，就連傍晚的二度調查中，他也陷入了自爆賭博行爲的窘境。聽說結束偵訊之後，深井出現在兩人相約的咖啡廳，他無力地對純子說，今後不必指望他出人頭地了。

瑞穗被這番話擊垮了。

「吶，不是吧？」

純子抽搐著，刺探地看著瑞穗的眼睛。

「我跟他的事，不是瑞穗去告狀的吧？」

已經不被信任了。雖然這麼想，瑞穗還是盡可能地打起精神說道：「我沒有對任何人說，要我發誓也可以。」

純子垂下了頭。

「我好怕……，我覺得警察好可怕。我好想辭掉工作……」

不管是安慰還是鼓勵都說不出口，瑞穗只是一次又一次地道歉。

純子又哭了一陣子才回到自己房間。我想睡了。她這麼說，從瑞穗的懷裡起身。

獨處之後，瑞穗也哭了。

她詛咒自己的粗心。

爲什麼在監察官面前講出純子的名字？

因爲她是警察。

因爲警察不能說謊。

然而，瑞穗的一句話，卻讓深井在職業經歷上留下瑕疵。身爲一名警察官，她明白這是多麼罪大惡極的事，如果因爲這次的事情破壞了純子與深井的感情，那就眞正無可挽回了。

她憎恨犯罪者。

所謂的犯罪就是這麼一回事，不只是直接的被害者，不幸的波紋還會擴散到意想不到之處，踐踏許多珍貴的事物。讓人哭泣，使人受傷，破壞人的一生。犯人不知情，終其一生都不知道自己散播的毒與刺，仍舊逍遙自在地過日子。

她想抓到犯人。

瑞穗以雙臂緊抱著身體。

搜查一課不至於懷疑深井，但是監察課不一樣。在抓到犯人之前，他們恐怕不會排除深井的嫌疑。她想親自了結這樁案子，證明深井的清白，希望純子再展笑顏，這是她唯一做得到的贖罪。瑞穗的胸口激動得發痛。

然而，該怎麼做才能對搜查有所貢獻？她現在的工作是接聽被害者的電話諮詢，屬於內勤職，距離搜查現場實在太遙遠了。如果製作嫌犯素描，她具有不輸給任何人的自信，然而卻沒有讓她一展長才的舞台。那麼，提供情報嗎？還是通知搜查總部這起搶案有三名犯人的可能性很高呢？

瑞穗輕輕嘆了一口氣。

搜查總部全是搜查一課的菁英，這樣的推測一定早就有人注意到了。若是瑞穗毫不在乎地跑去說，只會淪爲笑柄。

而且……

海老澤冰冷的視線還記憶猶新，組織疏遠瑞穗，懷疑她的忠誠。瑞穗現在的立場其實和深井差不多。

那麼，我到底該怎麼做……

徒增焦急，眼看著就要窮途末路了。此時，牆上的內線電話響起，舍監告知是外線。

「抱歉這麼晚打來，眞是難爲妳了。」

是女警管理組長七尾打來的。

「聽說妳受到監察調查，是眞的嗎？」

「嗯……」

「很過分嗎？」

「被說了很多難聽的話……。連失蹤和停職的事情也被提出來……」

「妳不要在意，如果表現得怯懦，會被追問得更慘的。」

「我知道，可是……」

若說沒有依賴的心情是騙人的，瑞穗忘我地把今天一整天的事情告訴七尾，幾乎都是抱怨。雖然不管說了多少，心情始終無法開朗起來，然而她再次體認到有沒有人聽她訴苦確實有很大的差別。如果七尾沒有打來，她到底會用什麼樣的心情渡過這漫漫長夜？

搶案的經過也說了。雖然對於純子和深井的事情保密，不過她激動地向七尾表示無論如何都想解決這件案子。話雖如此，也不期待對方的建議。然而她萬萬沒想到，竟然能從與七尾的對話中得到破案的線索。

「可是，好奇怪喔！」

「什麼？」

「車站附近的那個年輕媽媽啊！妳不是說她戴耳環嗎？」

「嗯！」

「如果是夾式耳環就算了，可是抱著嬰兒的母親是不會戴穿洞耳環的，要是刺到嬰兒就危險了。」

六

翌日，瑞穗在上午處理電話諮詢工作，一到午休時間，便開車離開了縣警總部。

離去之前，代理室長田丸把聽來的搜查情報悄聲告訴瑞穗。

「分行長好像同時和幾名女行員交往。不過，他自己則強烈否認。他老婆好像是前任總經理的女兒，萬一外遇事件曝光，他會被銀行趕出來。還有啊，搜查總部已經把霞銀行的仇家過濾得差不多了。演習和真搶案多少都和霞銀行有點關係吧！」

道路很空曠。

瑞穗的腦海裡有一個昨晚徹夜想出來的假設。

首先，在車站旁的那名年輕女性並不是嬰兒的母親。七尾指出的穿洞耳環是一條線索，顛覆了懷抱嬰兒一定是母子的既有概念。

不只是耳環，厚重的妝容、高領衫及吊帶牛仔褲、金色挑染的瀏海所致。瑞穗看到她的時候，心想這個年輕女孩不太適合稱爲母親。當然，十幾歲的母親在這世界上多得是，所以應該不是年齡和服裝的關係，一定是抱嬰兒的方式、或是母子之間理應存在的氣氛淡薄，才會讓瑞穗判斷「她太年輕了」。

記憶中也有新的發現。

「母子」的臉孔長得不像，可能是因爲瑞穗過去畫過太多的嫌犯素描，即使毫無意識，也會在瞬間尋找剛遇見的對象的臉部特徵。女人的臉孔扁平，有點雙下巴，那雙細長的眼睛與臨去時那個嬰兒的渾圓大眼一點都不像。不只是眼睛，不管在腦子裡如何重疊，兩張臉都找不到任何相像的部位。嬰兒像父親？或許是吧。但是，「否定」只不過是雜音，無法阻撓進一步的推理。

她的疑心膨脹了。

他們不是母子。如果是那樣子，那個年輕女孩爲什麼在街上抱著別人的嬰兒？

不用說，對一般人而言，抱著嬰兒的母親是最不會引起戒心的組合。女人看準這一點，才把嬰兒當成小道具使用……爲了不讓自己在街上顯得突兀。

瑞穗轉動方向盤，在十字路口右轉，在縣道上行駛了一陣子，看到前方出現了「駕駛執照中心」的建築物。

到了早上，瑞穗腦中的那條思考線更加延伸。

那個佯裝「抱嬰兒」的女人是搶匪的共犯，第一個假設成了第二個假設的基礎。細眼、有點雙下巴、扁平的臉孔。瑞穗在腦海裡不斷地回想這張臉，卻發現了另一件事，無法與嬰兒重疊的那張臉，卻有另一張完全吻合的臉。

讓人聯想到女兒節人偶的素淨臉孔……

音部主任所迷戀的、那家增淵分行儲蓄部窗口的女行員。

這兩個人長得很像，瑞穗對於她們的鼻子和嘴巴的記憶雖然模糊，那雙眼睛卻記得很清楚。「細長的眼睛」可以說是「女兒節人偶的眼睛」的同義詞；雙下巴的輪廓，以及純和風的扁平臉孔，整體非常相似。姊妹？堂、表姊妹？親戚？這兩人的關係一定是其中之一。經常有陌生人長得很像，但是，「否定」在這裡也沒有發揮力量。因為，如果這兩個女人有關聯，案件的線索便能夠順理成章地連接起來了。

知道演習時間的相澤分行長，把情報洩露給外遇對象的儲蓄部行員「女兒節人偶」，而這個情報再被轉至身邊的「雙下巴」……

犯人的組合有許多可能性。或許「女兒節人偶」與「雙下巴」串通，又或者相澤分行長寄給「女兒節人偶」的郵件被「雙下巴」偷看到了。當然，無法完全否定包括相澤分行長在內，全員串通的可能性。

不管怎麼說，處於三人之中聯結位置的「女兒節人偶」是搶案的關鍵人物。

瑞穗在今天早上得知「女兒節人偶」的姓氏是「遠藤」。她繞到宣導室，請音部主任讓她看昨天防犯演習拍攝的照片。不出所料，音部拍了好幾張女行員的特寫照片，其中一張可以從胸口制服上的名牌看出「遠藤」兩個字。

根據代理室長田丸所說的，相澤分行長似乎同時和幾名女行員有關係，瑞穗斷定分行長現在的外遇對象一定是「遠藤」。她仔細檢視過演習中的照片之後如此確信。從照片看來，佯裝搶匪的刑警闖入之後，「遠藤」也沒有驚慌的樣子，與其他行員比起來，她的表情變化明顯地少，因爲她早就知道這是一場演習，是她從分行長那裡聽來的消息。如果是這樣的話，就說得通了。

她想調查「遠藤」，瑞穗的意圖在此。她眞的和分行長有外遇關係嗎？有妹妹嗎？或是堂、表姊妹？

但是她做不到。調查「遠藤」是搜查總部的工作。

那樣的話……

那就調查佯裝成抱嬰兒的母親「雙下巴」吧！瑞穗決定這麼做，從搜查總部的反方向來接近案件。首先查出「雙下巴」的身份，然後調查她與「遠藤」或增淵分行的關係。就像從隧道的兩側同時開挖一樣，只要瑞穗和搜查總部能夠在中央會合就行了。那意味著即早逮捕犯人，重拾純子和深井的笑容。

瑞穗輕踩煞車，把車子駛進「駕駛執照中心」的停車場。

她要查出「雙下巴」的身份。雖然瑞穗的決心不變，卻極力與內心的恐懼交戰。必須去見森島光男才行。那個命令瑞穗竄改素描，有如野獸般的男人。

七

一樓的辦公處，許多前來更換駕照的民眾正在排隊。

瑞穗從樓梯爬上二樓。一上去右手邊的門，就是「駕駛執照課」的入口。

流放孤島……這是不少人對於調職到這裡的說法。雖然隸屬於縣警總部，卻位在遠離總部廳舍之處。雖然實際上並非刻意疏遠，只是爲了方便執行有關駕照的業務，才將辦公室安置在這個中心，不過沒有一個警員認同這個理由。

瑞穗做了一個深呼吸，推開門。

他在。森島光男在房間最裡面、課長席辦公桌前，那張像鬥牛犬似的臉孔就在那裡。

她靠著意志力，邁著瞬間退縮的腳步。森島還沒發現瑞穗走進房間，正低著頭看桌上的文件。

她怕森島抬起頭。

所以說女人不中用嘛……

這是森島在她拒絕竄改嫌犯素描時所說的話，此際伴隨著痛楚在胸口甦醒。

不只如此。

她再次體認到了，自己本能地害怕森島。這個男人既凶猛又具有令人驚訝的謹慎，如同野獸一般。這種無法應付的獸性，是否就是這個男人的本質？瑞穗這麼懷疑，她覺得森島的存在，煽起了她在潛意識裡對男性懷有的嫌惡感與恐懼。

視線與森島對上了。這是竄改事件之後的初次見面。

「嗨！」

森島的表情閃過一絲笑意，令瑞穗感到困惑。

「好久不見。」

森島以下巴示意她在鐵椅上坐下。

「有什麼事？」

森島正面凝視著她。

「我有事情拜託，所以過來了。」

「拜託？妳找我？」

由於竄改這件事，兩方都有責任，因而瑞穗和森島都被趕出鑑職課這個老巢。「極度接近降職的平行調動」。森島的調動傳出了這樣的耳語。

「說吧！不管什麼事我都答應。不過想成為我的部下這件事除外啊！」

森島的表情與他說的話相反，臉上並沒有怒氣。

恐懼逐漸消退。眼前的森島，少了以前那種咄咄逼人的氣勢，或許是蓬亂的頭髮讓人有這種感覺吧，也不再抹那彷彿註冊標記的髮油了嗎？

瑞穗感到一股奇妙的焦躁。森島脫離了正軌，以致變得自暴自棄了嗎？了無生氣的眼神、毫無朝氣的表情，男人放棄往上爬的臉孔就是這樣嗎？

這個她所憎惡的對象，此刻令她渾身無力。對方擅自走下了鬥爭的舞台，或許這就是奇妙焦躁感的眞正原因。

「怎麼啦？說說看啊！」

瑞穗回過神，挺直背脊。

她看著森島的眼睛說道。

「我想調查駕照的照片。」

「調查駕照？」

從駕照的照片查出抱嬰兒的「雙下巴」身份，這是她早上想到的。在D縣，電車與公車等大眾交通工具並不普遍，所以不分男女，一般民眾在高中畢業後就取得汽車駕照。只要肯花時間與精神尋找照片，有相當高的機率可以找到目標。她也曾經想過替「雙下巴」素描，走訪增淵分行附近，或許可以更快查出身份，但是如果「雙下巴」未成年，日後將會變成大問題。還是只能靠駕照的照片了。以現狀來看，這是最好的方法。

「其實，我昨天參加了防犯演習。」

瑞穗把事情原委告訴森島，並老實告知想要找出「雙下巴」的身份。

「別作夢了。本縣有駕照的民眾超過一百五十萬人耶。」

「女性只佔一半。」

「妳一個人找這七十五萬嗎？」

「可以把範圍縮小到十分之一，我看到的那名女性還不到二十歲。只要從還沒換過駕照的人開始調查……」

「夠了。」

森島打斷了她。

「不管怎麼樣，我不會讓妳隨便亂來。」

「爲什麼？」

「一旦跟妳扯上關係，搞不好下次會被調到地獄。」

聽起來像是眞心話。

「請讓我調查！拜託你，無論如何我想做。」

森島別過臉去。

「妳去跟上面說。」

「我沒有立場。」

「那就放棄吧。」

不能退讓，腦海裡浮現了純子哭泣的臉孔。

「拜託你，請讓我做。」

「回去！別看我這樣，我可是忙得很。」

她一開始就知道對付這個傢伙不能用哀兵政策。

說吧！瑞穗命令自己，探出身子，壓低聲音避免被其他職員聽見。

「課長……讓我們來談一筆交易吧。」

森島吃驚地轉向瑞穗。

「妳……想說什麼？」

「你讓我找駕照照片，如果破案的話，我會向上級報告調查照片是課長提議的。」

森島的表情瞬間閃過笑意。

與他剛看到瑞穗進來所露出的笑容一樣。

瑞穗終於瞭解這種笑意的眞正含意了，那是一種懷念，從前任部下的臉上看到了「總部」。然後現在，森島又再度想起總部廳舍……

感覺很漫長，其實一定只有短短幾秒。

森島叫來一名職員，以下巴指指瑞穗。

「教這傢伙怎麼使用終端機。」

八

瑞穗連續幾天都到「駕駛執照中心」。白天的工作一結束，她就匆匆趕往中心，每天在終端機前坐上三小時。照片、照片，還是照片……

到了第七天。

她稍微休息一下，在佈滿血絲的眼睛裡點眼藥水，再度面對終端機。移動滑鼠沒多久，她的視線就停在螢幕上的照片。

找到了。

細長的眼睛。有點雙下巴，扁平的臉孔……

沒錯，就是這張臉。

終於找到了。

壓抑著湧上心頭的喜悅，瑞穗以祈禱的心情，看著「雙下巴」的名字。

笠原麻美……

瑞穗垂下了頭。

姓氏不是「遠藤」，兩人是姊妹的假設大致上算是瓦解了。

瑞穗茫茫然地看著「笠原麻美」的照片好一陣子，為期一個星期的疲勞一口氣湧上肩膀和眼睛。她從皮包裡取出「遠藤」的照片，放在螢幕旁邊比較，果然還是很像，但是鼻子和耳朵的形狀不同，嘴巴倒是很像……

瑞穗望著手錶。剛過晚上八點。

去看看吧！

瑞穗催促自己。她知道「遠藤」是單身，不過「笠原麻美」或許是已婚，表姊妹、或是雙方父母是表親關係，有各種可能性。

外面有點冷。

瑞穗把車子開往縣道，駕照上登記的住址離演習訓練的增淵町不遠，從這裡開車過去，路程約三十分鐘。

搶案的搜查行動並沒有進展。不，只是因爲代理室長田丸最近幾天苦惱於找不到話題可聊吧，以致無法得知搜查總部的內情。無意間聽到的情報，只有相澤分行長供出目前與「遠藤」的外遇關係。就跟瑞穗預料的一樣。相澤與「遠藤」有連結了。接下來是「遠藤」與共犯……

她在九點以前，抵達了目的地的公寓。

二樓。205號室。瑞穗相當失望。門口並未掛上名牌，這表示是獨居女子吧，果然是單身嗎？

按下門鈴，過了一會兒，腳步聲接近玄關。鍊著門鎖的門直接開啓一條縫，露出一張瑞穗早已看膩的雙下巴臉孔，對方今天戴的耳環也是粉紅色的。

「抱歉！晚上還來打擾。我是警察。」

瑞穗客氣地出示翻開封面的警察手冊。

一瞬間，笠原麻美「啊」地一叫，望著瑞穗。

「妳是那時候的女警！」

不能立即判斷她的記憶力很好。對市民而言，與警察接觸，即使是微不足道的小事也一定是特別的經歷。

「請問，我可以請教妳一些問題嗎？」

「啊，請進請進。」

麻美毫無戒心地請瑞穗進入房間，那副天真無邪的模樣，又讓瑞穗失望了。麻美沒有犯罪者獨特的氣味及陰影。

瑞穗感覺自己好像誤闖了童話世界，無隔間的房間全部都是粉紅色。

她還是掃視了一下房間，沒有嬰兒。

「哇！我從小就很嚮往女警喔！」

這似乎是麻美好意的理由之一。為什麼女警會找上門來？感覺她好像連這點疑問都沒有。

瑞穗在她拿過來的粉紅色座墊上坐下，心情無法冷靜。

「那麼，請教一些問題，我們對於當天在增淵分行附近的所有人都會提出這些問題。」

瑞穗把措詞放軟一些，根據駕照上記載的出生年月日，她知道麻美剛滿二十歲。

麻美滔滔不絕。她是三姊妹的老么，前年高中畢業，展開嚮往已久的獨居生活，現在靠打工維生，雙親多少也會資助一些錢。說完以後，她吐了吐舌頭。

瑞穗引導麻美進入話題的核心。

「當天妳為什麼會在那個地方？」

「啊，就是打工嘛！」

打工？

「我有時候會打工當褓母。人家打電話來叫我過去幫忙。」

這個回答，也回覆了瑞穗的下一個問題。當時爲什麼抱著嬰兒？

麻美的回答簡單明瞭。在增淵分行後面巷子的大樓裡，有一家二十四小時營業的無照托兒所。當天，麻美受託到托兒所支援，有一個嬰兒不停地啼哭，她想帶出去走走，讓孩子呼吸外面的空氣。其實是想一邊照顧嬰兒一邊逛逛街。增淵分行旁邊有許多時髦的精品店林立……

瑞穗已經沒有問題了。

不……

「笠原小姐……妳認識霞銀行增淵分行的遠藤小姐嗎？」

「誰？」

瑞穗起身。

「穿洞耳環很危險，最好還是別戴喔！就算是打工也應該認眞做吧。」

最後她好不容易才打起精神留下了這些話。

瑞穗累壞了，在門禁以前趕回女子宿舍，撲倒在床上。

她做的假設瓦解了。

瑞穗已經沒有事能做了。

純子的房間還亮著燈。從那天起，兩人就不太交談，也不再相約吃午飯了。

自己做得到的……

瑞穗努力動著腦筋。

搜查總部把相澤分行長和「遠藤」的線連結起來。但是，從隧道另一端開挖的瑞穗，雖然找到「雙下巴」就是笠原麻美的線索，卻無法與「遠藤」連結。「遠藤」不是與麻美，而是與其他人連繫在一起。

眼前浮現那個鷹勾鼻老人。

她的腦子裡兀自嘗試了消去法，如果消去麻美，就只剩下鷹勾鼻老人了。

瑞穗翻了個身。

她也懷疑或許自己的思考方向完全錯誤。

「遠藤」不見得與外面的誰有牽連，洩露演習情報的或許就是相澤分行長本人。若要這麼說的話，音部主任或通訊指令課的佐山組長也能洩密，共犯的人選多到數不完。當時，在增淵分行周遭的幾十人、幾百人全部都是嫌疑犯，甚至「遠藤」本人也可以按下手機的速撥鍵。

不……

追根究柢，共犯眞的存在嗎？那場演習與眞搶案之間確實有關聯嗎？

會不會是完全的巧合？這種事並非完全不可能，雙人搶匪只是執行了自己的計畫，他們完全不知道增淵町的演習，只是恰巧在那個時間點闖進北川關係分行。不能否定有這種可能性。或許自己受惑於「絕妙的時機」，過度穿鑿附會；一直以爲是姊妹的「遠藤」與麻美之間，其實一點血緣關係也沒有，只不過是長相相似的陌生人。瑞穗此時才瞭解，實際上眞會發生這種巧合。

只能期待搜查總部的努力了。瑞穗半帶放棄地這麼想，熄掉了房裡的燈。

鷹勾鼻老人還停留在腦海裡。

算了……

然而，極度疲勞的腦袋卻連這個指令都下達不了。

麻美的聲音在耳邊迴響。滔滔不絕地說著，拉回了想要進入夢鄉的瑞穗。嬰兒不停地哭……帶到街上走走……其實是自己想逛精品店……

瑞穗睜開了眼睛，眼前一片黑暗。

對了。那時候，鷹勾鼻老人就站在精品店前……

九

接下來的星期日。瑞穗來到增淵町。

她拿著一張人像素描，以分行為中心，沿著周圍走訪各家商店。演習那一天，儘管氣溫下降，鷹勾鼻老人卻穿著拖鞋。她料想老人的住處應該就在附近。

她並不是掌握了決定性的線索，對老人也只是重新產生「在意」程度的懷疑，還在消去法的範圍之內。看到沒有約會、消沉地關在宿舍房間裡的純子，瑞穗覺得難過。決定讓她外出查訪的理由，或許是純子的關係。

她對這張素描充滿自信。不出所料，大約走訪了三個小時，就在私鐵車站附近賣牛奶的商店，獲得了「長得很像石田先生」的證詞。

石田榮治的「自宅」位於車站後面的鐵路沿線，就在賓館及愛情旅館櫛比鱗次的一角。

「石田旅館」——瑞穗紅著臉鑽進門口。

她在結帳櫃台的小窗口前叫人，窗戶隨即打開，露出大大的鷹勾鼻。

他好像記得瑞穗的臉。

「哦，是妳啊，警察已經來過了。」

石田粗魯地說完，砰地一聲關上小窗。瑞穗慌忙打開，探頭進去。裡面是大約八張榻榻米大的空間。石田憤恨地回過頭。

「請告訴我，警察爲什麼會來？」

瑞穗匆匆說道，石田考慮了幾秒，打開小窗旁邊的門。

「進來。」

一張簡樸的矮桌、一組好像從未整理過的床具，還有電視、雜誌與泡麵殘渣……

石田也不請她坐下，逕自說了。

「刑警過來詢問有關霞銀行那些好色傢伙的事。」

瑞穗大吃一驚。

「難道是……」

她直覺想到是相澤分行長和「遠藤」。

「他們給我看那兩個年紀差很多的人的照片，還問說他們有沒有來過，我就說有啊，那兩個人總是一起來。男子一頭白髮，我記得很清楚。」

果然……

兩人在這家旅館幽會。

相澤分行長和「遠藤」完全連結，而這兩人與當天在分行前的「老人」，以意想不到的形式產生了連繫。

「那，妳來打聽什麼？」

瑞穗抬起頭，說出了準備好的問題。

「我想知道你當天爲什麼會在精品店前面。」

老人皺起眉頭。

「什麼意思？妳說明白一點。」

「那時候，我正焦急地等待顧客離開分行。」

客人終於走出來。瑞穗正準備打電話，卻瞥見那個老人，於是又抬起頭。老人——石田正站在精品店林立的大樓前人行道上。現在回想起來，實在覺得很不可思議。就在視線落向手邊之前，瑞穗一直凝視著分行的方向。分行與石田的距離只有短短十公尺，然而她卻完全沒有注意到石田。

「一開始我以爲你是從旁邊走過來，走進我的視線。可是不對，我想起來了！你是背對著精品店，面向著我站立。」

「聽不懂，妳到底想說什麼？」

「你在精品店裡面。然後，就在我的視線即將落向手邊之前，你從店裡走出來。」

石田沉默不語。

「請問你在精品店裡面做什麼?」

瑞穗說完之後，掃視整個房間，沒有發現任何與女人有關的物品。老人與精品店。兩者之間的隔閡甚至會讓人想到「水與油」。

瑞穗把視線轉回石田。

「你在那裡消磨時間，等待演習行動開始……對吧!」

石田正要開口，門上傳來「叩叩」聲響，有人敲門，那不是客人。

「石田先生……」

喚聲響起。

「石田先生，我們是警察。請開門。」

石田交抱著雙臂，沒有回答。傳來門把的轉動聲，門卻沒有被打開，瑞穗一驚，石田上了鎖。望著小窗，那裡也鎖上了……

「可能逃走了吧。」

外面的聲音讓瑞穗心跳加速。

遠走高飛……，難道搜查總部也把石田當成嫌犯嗎?

腳步聲遠去，石田並沒有放下手臂。

「這群廢物，好像終於發現了。」

聽起來像是自白。

「都是你們害的。搞什麼無聊的演習，把眞由美害死了。」

被演習害死？

瑞穗說不出話來。

石田漲紅了臉，臉上的皺紋深陷，看起來有如厲鬼一般。

「前年，你們在霞銀行的光之丘分行進行演習。聽說刑警的演技逼眞無比。當時眞由美在儲蓄部窗口。她是我的第一個孫子，短大畢業還不到一年，她被刑警拿著菜刀恐嚇，一定是嚇壞了……結果當場尿失禁。」

「啊……」

「妳應該很瞭解那種心情吧。一個年輕女孩，在同事面前尿失禁，會是什麼樣的心情？如果是眞的搶匪，那還情有可原。可是五分鐘以後卻說那是一場演習。就在眾人鬆了一口氣的笑聲中，眞由美她……，這不是太殘酷了嗎？」

沒錯，犯罪的波紋總是擴散到意想不到的地方，傷害其他的人。但是，沒想到警方的演習竟然……

「眞由美辭掉工作，得了厭食症，半年以後染上肺炎就死了。銀行裡沒有一個人來上香。至於警察，恐怕連眞由美死了都不知道吧！」

瑞穗低下頭。淚水滴在榻榻米上。

「直到最近，我才知道那個白髮男是霞銀行的人。以前他就一直帶不同的女人過來。我在客房裡裝了竊聽器。雖然我對那傢伙並沒有直接的恨意，不過如果霞銀行因此而遭受打擊，我想把醜聞散佈出去也好。沒想到……」

瑞穗抬起濕潤的眼睛。

「我從竊聽器裡聽到演習的事，那是白髮男對女人說的。還有比這個更好的機會嗎？我可以同時對霞銀行及警方復仇，我決定要做，決定委託別人來做，像我做這種生意的，就算不願意，還是會認識一些壞蛋或缺錢的傢伙，於是馬上就有兩個混混自動上門。」

石田的表情依然形同厲鬼。

「為什麼做出同樣的事？」

瑞穗擦掉眼淚，擠出聲音問道。

「每家銀行不是都有年輕女孩嗎？和你孫女一樣年紀的女孩。為什麼你要讓那些女孩遭遇同樣的事？」

石田怒睜著雙眼。

「就是那些女孩子最可惡！女同事把眞由美當成笑柄，還把眞由美交往的對象搶走了。」

「怎、怎麼這樣……」

石田懊恨萬分地閉上眼睛。

「眞由美是個好孩子……，再也沒有像她那麼好的孩子了……，純眞又溫柔，就算長大了也不歧視老人，這孩子說話時會正視著對方……」

外面有腳步聲。

門口傳來了震耳欲聾的敲門聲。人數似乎增加了兩倍左右。和剛才不一樣。搜查總部已掌握石田就是犯人的確實證據……

「石田先生，你在裡面吧？快點出來！」

田丸說過。搜查總部也調查過霞銀行的仇家。

「妳不呼叫同伴嗎？」

石田不可思議地看著瑞穗。

「請你自首。」

瑞穗說道。

「不要命令我，我的事我自己決定。」

石田又別過臉去。

「跟外面的人說你要自首，然後開門。」

瑞穗紅著眼凝視著石田。法律上，這時候自首已經不被承認了。但是……

「至少……至少請你這麼做。我不想……我不想看到他們衝進來制服你……我不想看到那樣的場面。」

「……」

「請你……，求求你！」

石田垂下了肩膀。

厲鬼的表情消失了。這時候的石田，看起來像是一個有點寂寞的普通老人。

門好像隨時都會被踢開。

瑞穗凝視著石田。一心一意地注視著他。

他從皺紋很深的嘴角嘆出了一口氣。拖著很長的尾音。

石田拐著右腳，站了起來。

「那家店有好多適合眞由美穿的衣服……」

石田背對著瑞穗說道，手伸向門把。

心的槍口

一

就算進了房間，呼出來的氣還是白茫茫的。

粗魯地打開矮桌暖爐及電熱扇開關，緊緊拉上窗簾。就在這麼做的時候，心跳也逐漸加快。是大衣口袋裡的「意外收穫」讓他變得如此。雖然很想馬上就拿出來看個仔細，不過那樣的東西可不能在咖啡廳或新幹線的車上拿出來。所以，在回到這裡的途中，頂多只能緊緊地挾在腋下，享受它頂在肌膚上的堅硬觸感。

連大衣都脫得急急忙忙，他從懷裡掏出一只厚厚的褐色信封。打開來並抽出裡面的東西。手冊……

皮革封面上印有「警視廳」的燙金文字。上面有同樣金色印刻的日本警徽——旭日章。

他嚥了一口口水。

問題是東西的眞僞。大老遠跑去東京進行黑市交易，在對方指定的咖啡廳會面，以對方開的價碼二十萬買下了它。半信半疑。前年他有過受騙的經驗，曾經在名古屋以十五萬買到贋品。

如舔舐一般地仔細觀察封面，一般人都以爲是黑色皮革，但是在警察迷眼裡，「沒加牛奶的巧克力色」是常識。來到窗邊，透過窗簾的光線查看，是一種接近黑色的焦褐色或者說是較濃的巧克力色，看起來確實是如此。

他用尺量了量。長十二公分……。寬八公分……。規格符合。右下方的裝訂處，有一條防止脫落的繫帶，前端裝著一只稱為「笳型鉤」的金屬鉤環，可以繫在胸前的制服口袋上。

眞品，他是這麼認爲。

他翻開封面的手微微顫抖。

永久用紙，第一頁是身份證明欄。姓名、所屬單位、穿著制服的大頭照；年輕而精悍的長相。如果這本手冊是眞的，原持有人便是在新宿署工作的巡查了。

翻動紙頁，那是寫有發誓盡忠職守及巡查簽名的宣誓書。下一頁，記載警察官服務規定的內容，延續了十頁。

接下來是調查筆記用紙。不同於永久用紙，那是可以替換的白底筆記用紙，總共有三十頁，潦草地寫著幾個名字和電話號碼。他檢視封底裡的置物袋口，有四張巡查的名片，還有一張通緝犯一覽表。

完美無缺。沒有任何懷疑之處。這本手冊，毫無疑問是眞品……

這麼想的刹那間，他全身起了雞皮疙瘩，那種分不清是快感還是寒顫的熟悉感直搗內臟。

他站了起來，雙腿因歡愉而顫抖，迅速脫下衣服，從衣櫃裡取出一套制服。穿上襯衫，打好深藍色領帶，披上冬季外套；在地毯上鋪好報紙，穿上政府配給的黑皮鞋；繫上皮帶，在皮帶上裝好槍套、手銬收納套及警棍吊鉤；接著拉開衣櫃抽屜，取出裝備品，把警笛、三段式伸縮特殊警棍、陶瓷材質的「黑手銬」全部裝備佩帶在規定位置，再拿起矮桌上的手冊，放進胸前口袋裡。最後再戴上帽子，衣櫃的鏡子裡倒映出「地域課巡查」的身影。

敬禮……

這一瞬間令人興奮得不得了。

被制服擁抱、被制服守護著。胸口放著警察手冊。受到所有人信賴，也被所有人愛戴著。

接下來，沒錯……

垂下來的右手打開槍套的上蓋，上下摩擦著裡面的空洞。

NEW NAMBU M 60……

好想要。

無論如何都想弄到手。

鏡中的「巡查」露出恍惚的神情，難受地扭動著身軀。

二

砰！

乾燥的槍聲劃破寂靜。

平野瑞穗感覺冷汗滲進槍把中。向前伸直的雙臂變得僵硬。燃燒的火藥味衝入鼻孔，耳膜因爲子彈發射後的餘音隱隱作痛。

「妳這不是硬幫幫嗎？肩膀放鬆。」

背後傳來了教養課術科教官佐伯慎吾的聲音。一旁則是表情嚴肅的女警管理組長七尾。

「是。」

瑞穗啞著聲音回答，僵著一張臉轉回正面。

她瞪著二十三公尺遠的同心圓標靶。不是人形，而是一種稱為 BULL'S EYE 的競技用標靶。她雙腳打開略超過肩寬，雙手再度做出射擊的動作，喉嚨乾渴不已。自從警校新生時期上過射擊課之後，就再也沒有射擊過；這次踏進警校的射擊場，已經事隔六年。

當時的感情甦醒過來。為什麼自己會當上警察？第一次拿到手槍時，瑞穗非常害怕，同時也有強烈的抗拒感。扣下扳機的一瞬間，她感覺踏入了另一個世界，覺得背叛了養育自己的雙親，也覺得對學生時代的朋友們，有一個到死都不能說的秘密。警察果然還是男人的工作——這種想法令她大受打擊，讓她在學校宿舍的床上渡過失眠的夜晚。

我再也不開槍了，瑞穗記得她對自己這麼說過，藉以重新振作精神。實際上，當時的狀況也讓她確信不會再觸碰槍枝。警察每年都會舉行一次射擊訓練，不過女警不在訓練對象之內，因為，除了擔任警護警衛等特殊任務的人以外，女警不需要佩帶手槍。

然而狀況改變了，D縣效法警視廳等機關，從今年一月起，規定女警必須佩帶手槍。據說是重大犯罪激增的統計圖表，推動了長年處在「檢討中」的警務部腳步。交通勤務員、警車巡邏員以及參與搜查行動的女警，根據狀況也必須佩帶手槍執行任務。

「平野，怎麼了？不要分心。」

佐伯焦躁的聲音穿進耳裡。

「啊，是……」

瑞穗重新握緊槍把。S&W Chief's Special M37。雖然這是女警也能上手的輕量級機型，但是對於瑞穗而言還是太沉重了。不只是槍枝本身的重量所致，而是「殺人的工具」——宛如詛咒般的話語沉重地壓在胸口，讓她的四肢僵硬。

瑞穗揮開思緒，凝視著準星（Sight）。把槍身前端的前準星（Front sight）對準前方的REAL SIGHT中央，瞄準BULL'S EYE的中心點。食指放上扳機。

扣下。

後座力、硝煙、厭惡感……

「身體還是很僵硬。放鬆，用上半身吸收衝擊力……再一次。」

「是。」

砰！

「不行。妳動了。控制呼吸和心跳，再射擊。」

「是……」

砰！

繫在槍把吊環上的塑膠名牌晃動著。「D—2895」。那是向總部搜查一課的女警高松所借的槍。在強行犯搜查組中，這位唯一的女警目前請產假，空出來的「女刑警」職位就由瑞穗遞補。這是一項突如其來的調動，不過瑞穗目前待的犯罪被害者支援對策室隸屬於搜查一課，再加上瑞穗原本的工作是現場鑑識及繪製嫌犯畫像，因此對於刑事部門也很熟悉。在高松復職之前正好可塡補空缺，這件事似乎在瑞穗毫不知情的狀況下決定了。她奉命下週到總部搜查一課的刑事辦公室上班，在那之前，便是今天匆促進行的射擊訓練。

將五發子彈全部射擊完畢，瑞穗吐出了長長的一口氣。分數慘不忍睹。標靶中心附近沒有半個彈孔。

佐伯似乎也愣住了。

「平野，妳說說看！防範槍械事故的三大鐵則。」

「是！不可取出、手指不可放入、槍口不可對人。」

「很好。妳要特別留意這幾點。」

佐伯說完，露齒而笑。瑞穗也安心地笑了。就在這時候。

砰、砰、砰！

瑞穗縮起脖子。

右邊的射擊區域，站著一名身材修長的女警。

她馬上就知道那是南田安奈。安奈任職於桃瀨川派出所，二十七歲，在去年舉辦的D縣警手槍射擊大賽中獲得女子組冠軍，頓時備受矚目。她在「慢射」項目中，在五分鐘之內，對十五公尺以外的標靶進行兩次連續射擊五發子彈的動作……，射出了將近滿分的九十六分成績。

「那，接下來去見習南田的射擊好了。」

這麼說完，佐伯匆匆地走到安奈身後。安奈被選為「特訓」——手槍術科特別訓練的成員，準備參加九月份舉行的全國大賽。

安奈的射擊精準無比，瑞穗張著嘴巴看得入神。此時，有人從後面拍拍她的肩。是七尾，看起來很生氣的樣子。

「妳過來一下。」

三

離開射擊場，前往對面的學生餐廳，瑞穗的內心忐忑不安，只見七尾走在前面，有一種拒人於千里之外的感覺。

早就過了中午用餐時間，餐廳裡沒有人，牆上貼著剪報。那是一月四日在學校裡舉行的年初例行「大校閱」報導，標題躍然紙上。

「佩帶短槍的女警初次登場」

記者也認爲這是今年的重頭戲吧，刊出來的照片尺寸也很大，那是總部長率領縣警幹部們校閱數名佩槍女警的場面。

七尾瞥了一眼那篇報導，大步地走向窗邊的桌子。

「我去泡茶。」

「不用了……坐下。」

瑞穗在桌子對面坐下，發現七尾的表情比想像中更嚴肅。七尾在D縣四十七名女警的心目中，扮演亦姊亦母的角色。正因爲如此，平常並不會只給晚輩們好臉色看。可是，難道是瑞穗的槍法太差，才……

「平野，妳的手槍過敏症好像還沒治好喔。」

七尾的聲音很平靜。

「嗯……」

「妳知道公安委員會的規則改了吧！」

「是的。我知道。」

不久之前，「手槍警棍使用•處理規範」經過重新評估。依照以往的規則，警察必須在執行警告或威嚇射擊之後才能進行實射，現在這個限制大幅放寬了，警察在自己的生命遭遇危險時可以毫不猶豫地使用槍械。受到持有凶器的犯人襲擊、或是犯人欲射擊被害者等緊急狀況，警察可以不經預告就開槍。

「妳知道爲什麼嗎？」

「因爲重大刑案頻傳，警察遭到襲擊而殉職的案例也增加了。」

「所以是理所當然的吧。以前那種抑制、原則上不使用槍的想法太奇怪了。妳不覺得嗎？」

「嗯！明明是緊急情況，卻受限不能開槍，最後不幸殉職，這實在太沒道理了。」

「妳明明知道，爲什麼對槍法訓練的態度這麼消極？」

瑞穗被如此尖銳地質問，顯得很狼狽。

「那是……對我而言，手槍實在太沉重了。老實說，我很害怕。一想到它的殺傷力，就不由自主地退縮……」

「是啊。有時候我也有這種感覺。」

一瞬間，兩人之間的緊張氣氛趨緩。然而，七尾接下來的語氣又喚回了冷硬的空氣。

「爲什麼笑？」

「咦？」

「妳不是笑了嗎？剛才，被佐伯教官勾引。」

啊……

到了這時候，瑞穗才瞭解七尾生氣的原因。

「他叫妳特別注意防範事故的鐵則吧，那其實跟不要碰槍的道理是一樣的。妳被這麼調侃還笑得很高興。是鬆了一口氣吧？」

「是的……沒錯。」

「因爲妳是女警？因爲是女人，所以槍與妳沒關係？撒嬌也要有個限度吧。」

瑞穗挺直了背脊。

「我說過好幾次了。女警一直受到輕視，被視爲警察的吉祥物、用來調派充人數，不管再怎麼努力工作也不被當作一回事，所以非常痛苦。」

七尾的臉漲紅了。

「這種情況終於改變了，男女雇用機會均等法成立，組織中的職域範圍擴大，女警也可以值夜班了，現在好不容易輪到了手槍規範有了調整，畢竟女警遭遇危險場面的機會增加了，所以我一直堅持要求上級讓女警佩帶手槍，卻遭到強烈的反對，說什麼很危險，沒有必要。其實這只是男人們想要保護自己的既得權益，他們不想和女性平起平坐，妳瞭解嗎？妳剛才那樣子笑，只會讓男人更得意而已。」

瑞穗用力點點頭，就這樣低著頭。七尾的憤怒伴隨著痛楚壓迫著她的胸口。

「很抱歉。」

數秒的空白。

「妳瞭解就好。」

七尾語帶嘆息地說道，面向窗外，她氣消了，然而眼神卻變得黯淡而憂愁。

還有什麼事嗎。瑞穗正在這麼想，七尾轉臉看她。

「三浦決定辭職了。」

瑞穗忍不住驚叫：「眞的嗎?!」

三浦眞奈美是比瑞穗小兩屆的女警，隸屬於總部的鑑識課，負責瑞穗以前繪製嫌犯素描的工作，也住同一棟宿舍。瑞穗知道她很煩惱，她對女警工作缺乏自信，這讓她很焦慮，也曾經因此與瑞穗對立。可是眞奈美很努力，拚命想做好這份工作，從來沒聽她說過想辭職。

「她爲什麼要辭職？」

「她說要結婚。」

「有對象嗎？」

「說是相親認識的。」

無法理解，這與活潑好動的眞奈美差距太大了。

「等於是嫁入豪門，聽說對方是個擁有土地的銀行超級菁英份子。」

瑞穗的關心從眞奈美轉移到七尾身上。一點都不像，這種諷刺的說法不像七尾的風格。

「我極力慰留她，就算結婚也不要辭職，可是沒辦法。她說她想當個好太太。那爲什麼要當警察呢？我覺得她是爲了辭職才結婚的，她想逃離女警的身份。我看過太多這種人，明白得很。」

七尾咬著嘴唇。剛才責備瑞穗的話，或許有一半是對眞奈美說的。

瑞穗自己也無法排遣這種苦澀的感覺。

她與眞奈美有許多情緒上的摩擦，直到最近才覺得兩人似乎可以和平相處了。然而，事實上只有瑞穗自己這麼覺得，結婚或離職的事，眞奈美吭也沒吭過一聲。她只說想請教素描的繪畫技巧，經常到瑞穗的房間促膝長談，卻……

她感到自己遭到了背叛，無論如何就會這麼想。雖然沒有七尾那麼嚴重，不過瑞穗受到的打擊也很大。

餐廳入口處傳來聲音，兩人同時轉過頭去。結束「特訓」、身穿制服的南田安奈走了進來。因爲在派出所任職，身上的裝備多得很，除了手槍和警棍，肩上還吊著署活系無線機（註），耳朵裡塞著無線受話器的耳機。

註：日本以各警署管轄區域為單位所使用的無線電通訊機，做為警署連絡警察、或警察之間的連絡工具。屬於特定通訊頻率，範圍狹小。

「怎麼啦?連茶也沒泡。」

安奈走近配膳台，把熱水瓶裡的熱水倒進茶壺裡。瑞穗慌忙起身，小跑步過去，卻被安奈以滿面笑容制止了。儘管如此，瑞穗也不好回去坐下，只好拿著托盤，站在安奈旁邊等她把茶泡好。

一些複雜的上下關係令她頗爲困擾。安奈比瑞穗早三年進入警界，不過她並不是女警，而是以交通巡視員的身份被採用。四年前，安奈重新考過了女警考試，所以在女警的資歷上，瑞穗是比安奈大兩屆的前輩。當然，瑞穗把年長的安奈當成前輩，不過從平常的態度來看，安奈似乎對於自己被視爲前輩感到很困惑。

「好厲害啊!南田的射擊。」

可能是眞奈美的事帶給七尾的打擊太大，當七尾招呼這位女警特訓生坐下時，興奮的態度一反往常，看在瑞穗眼裡甚至覺得奇怪。

「這是特殊才能哦。我覺得射擊靠的還是與生俱來的天份和集中力。」

「沒那回事。」

安奈拚命揮手，七尾卻繼續捧她。

「就是這樣，普通人再怎麼練習就是那種程度。」

「不，以我的情況，或許是巡視員的工作派上了用場。」

「怎麼說?」

「乘坐迷你警車時，擔任駕駛的都是老手，因爲我比較年輕，所以一直都坐在副駕駛座。」

（註）

也就是必須從車窗探出身體，用棒子前端的粉筆在馬路上寫下違規停車的字樣。

「只能用左手寫那些字。因爲每天寫，肌肉變得很結實，我想一定是左手的力道與慣用的右手一樣，所以射擊時的平衡感就變好了。」

「原來如此。」

瑞穗似乎被兩人的對話排除在外，感到有一點嫉妒，只要是D縣警的女警，都希望被七尾另眼相待。

七尾突然對瑞穗開口了。

「平野也得多學學啊！」

明知她沒有惡意，瑞穗卻笑不出來。

「別那麼說，要多學習的人應該是我。」

安奈伸出援手。

「平野的嫌犯素描是誰都學不來的，我覺得那才是一項很棒的才能。」

「是啊！一技之長是一項利器啊！」

七尾一板正經地說道，隨即又笑容滿面。

「不管怎麼說，南田今年春天會調到教養課或警校吧。難得被選上特訓，如果繼續待在派

註：日本車輛的駕駛座在右邊，副駕駛座在左邊。

出所，練習時間會受到限制。」

「不，我現在這樣就好了。」

安奈斬釘截鐵地說道。

「可是，我覺得妳的本領可不簡單。不只是全國大會，只要加油，將來就算是參加國民體育大會或奧運……」

安奈打斷了七尾。

「我的槍法只想用在平常的派出所工作，而不是參加比賽。」

瑞穗看得出七尾的眼神充滿了期待。

安奈繼續說道：「托女警也能佩帶手槍的福，我終於能夠受到男性警官的平等對待。事實上，不管是能力、幹勁還是使命感，明明不比男人差，卻因爲是女人就受到不公平的待遇，我一直覺得很不甘心。可是槍是公平的，它不會選擇射擊者的性別或年齡，而且不管再怎麼凶狠的犯人，只要有槍，就能讓對方乖乖聽話，公安委的新規則給了我很大的勇氣。」

安奈的一番話，不只感動了七尾，也深深撼動了瑞穗的心。槍是公平的，它不會選擇射擊者的性別或年齡。確實如此。佩帶槍枝這件事，大幅提升了女警的立場。

可是爲什麼呢？當瑞穗聽到眼神閃亮的七尾說出了「就是這種氣勢」的鼓勵，原本充滿共鳴與同感的心情卻變得越來越微弱。

是嫉妒嗎？

還是對太優秀的安奈反感？

或者是不經意地窺見老前輩七尾的軟弱而感到落寞？

不，都不是。

她的心底有一種莫名恐懼。

不管再怎麼凶狠的犯人，只要有槍，就能夠讓對方乖乖聽話……

這就是槍的魔力。

然而一旦被這股魔力纏上，便會依賴槍枝、受槍枝操縱。瑞穗的心陷入了這樣的思緒，她的心情也越來越低落。

四

趁著外面天色還黑的時候出門。

迎接刑警身份的第一天是星期一，瑞穗不是去總部的搜查一課報到，而是前往位於縣東部的G署刑事課上班。前一晚，在轄區內的愛情賓館「糖果」發現一具十六歲無業少女被絞殺的屍體，因此把瑞穗列入編制內的強行犯搜查第四組被緊急派往現場。

瑞穗與G署的刑警搭檔在現場周邊調查犯人的下落，也就是所謂的走訪調查。她沒有接到佩帶手槍的指示，鬆了一口氣，她知道刑警很少佩槍外出，但是萬一接到這樣的指令，她沒有自信以平常心進行第一天的工作。

九點過後，踏入旅館街的小巷，安靜得有點可怕。起毛的灰色大衣身影悠哉地走在前面，瑞穗初次見到這位署裡分配的搭檔，名叫板垣泰造，年約五十歲左右，是一個臉型和體型都圓滾滾的部長刑警。

「噯，怎麼說？從以前到現在，妓女被殺註定會變成懸案。」

「被害者不是站壁的妓女吧？她才十六歲。」

瑞穗從後面出聲。板垣以半帶呵欠的聲音應著：「都一樣啦！」

G署的搜查總部認爲，這是一宗與賣春或援助交際有關的殺人案。從晨間新聞獲知此案的年輕上班族提供了以下的情報：曾經看到被害者都築香苗與一名中年西裝男子走進「糖果」賓館，上班族當時及其女友正在巷子裡物色旅館，他對於香苗穿的亮粉紅色迷你裙印象非常深刻。至於關鍵的中年男子雖然印象模糊，不過還是問出了「體型中等」、「頭髮往後梳」、「西裝筆挺」等線索。

旅館內部的結構屬於可直達房間的形式，不會被任何人看到。根據辦公室的記錄，兩人在晚上十一點十三分「進入客房」，凌晨兩點七分，房門打開過一次，絞殺香苗的中年男子就是在這個時刻逃走的。房間內的指紋全部被擦掉，床上也找不到男子的頭髮或體毛，浴室的排水孔甚至有被掏過的痕跡。無疑地，此人的心思相當細密。

在旅館街繞了一圈以後，板垣從口袋裡取出住宅地圖影本，走向指定的東側大馬路。

「首先，從二十四小時營業的店家開始問起吧。」

「找目擊者嗎？」

「沒錯。被害者的打扮很醒目，如果有人看到，應該會記得吧。」

便利商店、簡餐店、牛丼屋……

板垣實際上相當勤奮誠實，與聽起來毫無幹勁的口氣相反，不擺刑警的架子，淡泊地，卻很仔細地傾聽對方說話，三次查訪中有一次由瑞穗提問，他在一旁也不插嘴，只是默默地做筆記。這樣的案子，通常從關係調查——也就是調查都築香苗的友人或交友關係下手，絕對比較容易獲得成效，然而板垣並沒有抱怨，一家一家愼重地查問，手上那份地圖畫叉的記號逐漸增加。他的舉止令人聯想到將一身絕技確實轉化爲作品的老練師傅。

最重要的是，瑞穗和板垣一起進行訪查時，並沒有意識到自己是女人，那種感覺非常舒服。

「哦，妳的老家在養牛啊！那麼之前狂牛病引起的騷動，一定也害慘了你們吧？」

午餐時，板垣一邊吸食蕎麥麵，一邊說道。

「不，我家是酪農，好像沒受到什麼影響。」

「可是不管怎麼說，牛就是牛吧？而且那時候鬧得那麼嚴重。」

「啊，對了，我想起來了。我爸在電話裡跟我抱怨，町裡學校的小朋友都不來農場畫牛了。」

時間一點整，板垣站了起來。蕎麥麵的錢各自分攤。瑞穗感到莫名的喜悅，打開了紅色的零錢包。

早上剛起床時，她感到很憂鬱。刑警的世界。她想像著漠視與欺凌，已做好心理準備前往

G署。不過這些都是瞎操心，板垣並沒有輕蔑女警的感覺，她覺得如果和板垣搭檔調查案子，或許能夠自然地融入搜查總部。

瑞穗跟在圓滾滾的板垣身後，腳步輕盈。仰望萬里無雲的天空，她深深地吸了一口氣。仔細一想，這是睽違一年的現場，擔憂的事情一旦消失，那種實在感好不容易出現了。被趕出鑑識課以後，她一直在宣導室和犯罪被害者支援對策室擔任內勤工作。回歸鑑識課，以「嫌犯素描女警」的身份重新出發，這是她的夢想，但是她不奢求，能夠像這樣再次走到外面，站在最前線的現場，她天真地感到高興。

然而，瑞穗以「嫌犯素描女警」的身份發揮本領的機會，出乎意料地很快就來了。得不到任何目擊情報。過了下午三點左右，瑞穗的手機響了。是總部鑑識課課長弓村打來的。

「立刻回署。妳要替屍體素描。」

瑞穗倒抽了一口氣。

據說死者是一名從G署轄區的大樓屋頂跳樓自殺的中年男子。身上沒有錢包及名片夾，不過體型「中等」、頭髮「全部往後梳」，而且「西裝筆挺」，很有可能是殺害都築香苗的犯人，因此想儘快查出身份，順便也想繪製搜查員查訪專用的人像素描……

板垣開車載她到G署。

腦海裡的某處似乎預測到這樣的事態。擔任嫌犯素描的三浦眞奈美最近辭職了，結束射擊訓練的那天晚上，瑞穗去眞奈美的房間找她，卻發現屋裡一片黑暗，眞奈美請了最後一次休假，和未婚夫去旅行。聽到舍監這麼說，瑞穗愣住了，也很生氣，連擔心的力氣也沒了。姑且不論這些，眞奈美去旅行，也意味著現在D縣警的「嫌犯素描女警」不在。因此，若是發生了需要素描的案件，警方就會跟瑞穗連絡，瑞穗漠然地這麼想。

但是，沒想到突然要替屍體素描……

不到五分鐘，車子已抵達了G署。

在署廳舍後面，屍體安置室的臨時小屋前，除了來電的弓村鑑識課長之外，另有三位總部機動鑑識班的組員。此外，還有從今天起就是瑞穗直屬上司的強行犯搜查第四組長殿木勳。

三七分線的髮型、銀絲邊眼鏡。如果臉頰上沒有那道刀疤，一定會被誤認爲是銀行員之類的。早上，在搜查總部的會議室裡並沒看到他，所以這是瑞穗第一次與他見面。

瑞穗敬禮。

「我是巡查平野瑞穗。這段時間，將代理高松巡查長執行任務。」

「招呼就不必了。趕快工作吧！」

殿木說道，以下巴示意安置室裡面。

鐵門被拉開。中年男子的屍體就這麼躺在安置室裡，也沒蓋塑膠布。雖然光線陰暗無法確定，但是從染滿臉孔的鮮紅血跡可以看出死亡時間不久。當鑑識組員擦拭那些血跡時，瑞穗就在外面等候。一旁的長桌，整齊地排放著焦褐色的西裝外套及同色系的皮鞋。據說這是死者留在屋頂的遺物。西裝和皮鞋看起來都很昂貴，品味也不錯，感覺不像是普通的上班族。這名男子的職業究竟是什麼？

左腳的鞋子有些往左傾。仔細一看，鞋跟的左半邊磨損了，左腳的左邊……

就在她閃過一個預感的瞬間。

「OK了。」

安置室裡傳來了叫喚聲，瑞穗感到全身僵硬。這種感覺和握槍的緊張感不一樣，這是自己的工作，她清楚地自覺，這不是她第一次畫死人的臉，她只是在意屍體的損傷程度。男人跳下來的那棟大樓是幾層樓高？尚未問清楚的後悔，瞬間掠過她的心裡。

鑑識組員把畫材拿過來。一直陪在一旁的板垣以鼓勵的眼神看著瑞穗，與弓村鑑識課長冷冷的視線形成對比。

「那就拜託妳啦！別再像三浦那樣引起騷動。」

咦？眞奈美……

瑞穗望著弓村。

「半個月前，我派她畫上吊女屍的素描。三浦這傢伙來到安置室，一看到屍體竟然哭著逃出去。嗯，吊死屍的臉孔的確不太好看啦。」

原來如此……

瑞穗感到心痛。或許眞奈美再也撐不下去了，不喜歡、也不擅長畫圖，憑著義務擔任「嫌犯素描女警」的眞奈美，若是被指派畫痛苦不堪的屍體臉孔……

沒有時間沉浸在感傷裡。

「我要開始了。」

瑞穗簡短地說道，走進安置室。

她在緊鄰安置台，位於屍體臉孔前面的鐵椅子坐下，打開素描簿，握住鉛筆，然後望著屍體的臉。

只有左半邊。

瑞穗咬緊牙關。

不能避開視線。「觀察」是她的工作。如果不觀察就畫不出來。

瑞穗探出身體，凝視著屍體的臉，先畫出存在的左半邊，然後使其對稱，「創造」不存在的右半邊，決定順序之後在素描簿上作畫。

她開始滑動鉛筆，卻無法隨心所欲地畫出線條，就算騙得過腦子，雙手對於恐懼的感覺還是老實的。

瑞穗緊緊閉上眼睛，再用力睜開。用十五分鐘畫好。她不停地鞭策並鼓勵自己，超過這個時間，她就再也憋不住作嘔的感覺了。

眉毛……

閉上的眼睛……

鼻子和嘴巴的線索不多，已折斷、壓扁、扭曲變形。

腥臭的血腥味刺激著鼻孔。

沾滿腦漿的頭蓋骨刺眼極了。

畫死人的臉。她不能讓父母看到這種情景。

揮開雜念，集中精神。畫下線條、修正、再畫下線條。

十七分鐘就畫好了。

她將完成後的素描與死者做比較，栩栩如生。這個形容詞浮現在一片空白的腦袋裡，雖然覺得用詞不當，可是還是形容得非常貼切。

瑞穗起身，膝關節發出微弱的聲音。

她走出安置室，按也似地把素描簿塞進弓村課長的胸前，就這樣衝進署廳舍的女廁，一次又一次地嘔吐。

此時，腦子裡閃過一個靈感。

漱口洗臉之後，瑞穗急忙回到廳舍後面的安置室。那群男人還在。

「班長……」

殿木回過頭。

「幹什麼？」

瑞穗漲紅著臉問道：「這個人，會不會是進口車銷售員？」

「進口車？爲什麼這麼想？」

殿木反問。弓村和板垣也回頭看著瑞穗。

「他的穿著和一般上班族不一樣，比較闊氣，左腳的鞋跟只有左側部分磨損，想必總是坐在副駕駛座……不，我想他的工作應該是駕駛進口車，而且經常上下車。」(註)

眾人露出意外的表情。板垣瞇起眼睛，對瑞穗深深地點頭。

應該沒錯，瑞穗有自信，「鞋子也像嘴巴會說話」。這是瑞穗還待在鑑識課時，鑑識課的老前輩七尾傳授給她的金玉良言。托七尾這句話的福，瑞穗到目前爲止已經有好幾次從鞋子正確判斷出職業與年齡。

不過只有今天，她覺得該感謝的不是七尾而是南田安奈，因爲她的靈感來自於安奈說過的話。

違規停車的留言只能用左手寫，所以肌肉會變得很結實……

如果下次遇到她，再向她道謝吧，瑞穗興奮地想著。然而，下次的會面竟然在醫院。瑞穗當然想像不到。

五

瑞穗畫的素描並沒有對外公佈，因爲那是死相。畫像被大量影印，做爲「參考資料」，交給查訪的搜查員。

三天後，自殺男子的身份查出來了。

市川幸正，四十二歲，在進口代理店工作，負責銷售歐美進口車及損害保險。離婚之後，

註：歐美車系的駕駛座位於左邊。

一個人在F市租房子住。都築香苗被殺的第二天，他打電話對家鄉的老母親說：「我做了一件不得了的事。」

G署長與總部搜查一課的課長發給瑞穗一個「即賞」紅包，瑞穗很高興。靠著老鳥板垣的居中牽線，她也認識了許多刑警。搜查總部那邊只剩下幾個人負責調查市川與香苗的關係，實際上偵查小組已經解散了。

瑞穗留在G署的會議室寫報告，一直寫到傍晚，把早上訪查的內容整理成文件。她接到指令，結案之後立刻回總部搜查一課。

「犯人已經查到了，現在再寫這些東西也沒有意義啊。」

瑞穗一邊捶著肩膀一邊說，坐在隔壁的板垣舔了舔鉛筆芯。

「好刑警就是好文件，只有這一點從以前到現在都沒改變。」

「是這樣嗎？還是畫畫比較輕鬆。」

瑞穗正在輕聲嘆息，殿木走進會議室。

「四組的人集合！」

語氣很急迫。

五、六名刑警起身。瑞穗也跑向殿木那裡。

「現在要去L署。桃瀨川派出所的女警遭人襲擊，佩槍被搶了。」

一陣尖銳的耳鳴。

女警的手槍被搶……

桃瀨川派出所？那不就是南田安奈嗎！

「佩帶手槍，到玄關前集合。」

下令的殿木眼光凌厲無比。

沒時間向板垣告別。瑞穗緊跟在刑警們身後，忘我地奔下樓梯，走進槍械保管庫，從警務課員手中接過佩槍，收進槍套裡，快步跟上其他刑警。犯人有槍。所以、所以……，瑞穗的思考在原地打轉。

外面的月色皎潔，幾乎可以踩到自己的影子。眾人分別坐進搜查車，瞬間引擎發動，輪胎發出刺耳的聲響駛離G署。縣道已經進入傍晚的塞車時段。遠光燈。紅燈。警笛。車子大大地超出對向車道，以急猛的速度前進。前往L署的車程不到二十分鐘。

「班長……」

瑞穗終於擠出聲音，從後車座探出身體，抓著駕駛座的椅背。

「南田巡查的情況怎麼樣？」

她看著副駕駛座的殿木問道。

「被疑似鐵棒的鈍器擊中頭部側面。重傷。失去意識。」

「怎、怎麼會……」

瑞穗的聲音近乎哀鳴。

「有生命危險嗎？」

「現在正在動手術。」

「很危險嗎？」
「聽說存活率五成。」
瑞穗緊咬著嘴唇。
「太過分了……，到底是誰做出這種事！」
「妳要退出也可以。」
殿木低聲說道。
「咦？」
退出也可以？
殿木回頭。臉頰上的刀疤隱隱抽動。
「警察的佩槍被搶了。不瞭解這層意義的傢伙就退出這次行動。」
這件事比安奈的性命更……
瑞穗的思考停止了。不，立刻隨著悲壯感動了起來。
殿木說得沒錯，身爲警察必須這麼想，佩槍被搶了，如果一般市民遭到那把警用手槍襲擊的話……
「做筆記。」
殿木命令瑞穗。警方的無線電目前變成警槍搶案專用。
瑞穗從口袋裡取出查訪用的記事本。
無線電通訊接近對罵狀態，即使如此，她還是勉強掌握了案件的梗概。

案件發生在下午四點五十分左右，南田安奈結束了派出所白天的工作，騎腳踏車在前往L署的途中遇襲。案發現場俗稱「木工社區」，那是傢俱製造公司的倉庫林立的區域，由於連年來的經濟蕭條，製造商相繼倒閉，空倉庫不斷地增加。最近，那附近變得陰森荒涼，幾乎沒有人經過。

犯人躲在空倉庫的陰暗處，埋伏等待安奈。他在人行道的電線桿和倉庫入口的門柱之間，綁上透明的塑膠細繩。很久以前，曾經發生過深夜在公園出沒的飆車族，遭遇相同陷阱致死的事件，透明繩綁在樹幹與樹幹之間，高度正好在人體的脖子部位，騎車經過的少年沒有注意，被細繩掃到從機車上摔落，折斷頸骨而死。

安奈並沒有跌倒。一如犯人的預想，繩子融入薄暮中根本看不見。不過腳踏車的速度不快，安奈的胸部雖然碰到繩子，失去了平衡，但是她立刻煞車，撐住身體並沒有跌倒。

這很明顯是人爲的。安奈隨即下車，利用署活系（參見P.221註）無線機將狀況通報給L署。地域組長的指示是「在原地等候支援」，但是安奈行動了。她搜索附近，然後在倉庫之間的小巷子裡發現可疑的人影。

發現可疑人物。身高約一百七十五公分，身穿黑色運動外套、牛仔褲，頭戴全罩式安全帽……

安奈低聲說到這裡，突然間語氣轉爲興奮。

啊！嫌犯要逃了，我去確認……

最後留下這句話，就此斷絕通訊。約十分鐘之後，L署的警車抵達現場，發現倒在巷子裡的安奈渾身是血，遭到毆打的部位不只是頭部側面，背部、肩膀、手臂也是，全身約有十幾處傷口。

然後，安奈佩帶的手槍——NEW NAMBU M60和子彈五發不見了，連同連結手槍與皮帶的繩帶Lanyard也找不到。安奈沒有開槍，她的制服袖口上並沒有硝煙反應。

瑞穗不停地揮筆記錄著。

本案沒有目擊者。現階段也沒有人聽到騷動……

「妳暫時和箕田搭檔。」

聽到殿木的聲音，瑞穗抬起頭。

她望著鄰座，箕田轉動眼珠看著她。他是四組的部長刑警。細微的咋舌聲，讓瑞穗覺得刺痛不已。在「糖果」賓館事件，警方憑著素描查出市川的身份時，她也聽到相同的咋舌聲。

靠近前方一大群閃著紅燈的警車了。從未見過的大批警車把現場擠得水洩不通。根據無線電通報，以機動搜查隊和警巡隊爲首，總部強行犯組的三組也參加這次辦案，周邊七署的支援搜查員也趕到了。前所未見的陣仗，這不是普通案件，瑞穗深深地體認到事關D縣警的威信。

煞車聲響起，車子停了下來，險些撞進車陣裡，前面擠得水洩不通，沒辦法再靠近現場了。記者和看熱鬧的人群摩肩擦踵，場面混亂不堪。

殿木下車，下達命令。

「搜查現場周邊。不要大意。別忘了對方也持槍。」

她跟著箕田下了車。在下車之前，由於無線電傳來的情報讓瑞穗慢了幾步。

——在血泊中發現安全橡皮……

箕田跨過「禁止進入」的警戒線，大步往前走。很明顯地，他無視於瑞穗的存在。

「主任……」

瑞穗穿過警戒線，小跑步地追上箕田。

「安全橡皮，是夾在扳機上的橡皮吧？」

箕田沒有停步。

「主任。」

「不錯。不過現在已經很少人在用了。」

果然沒錯。

那是爲了防止誤射的橡皮零件，如果不拿下來就無法扣動扳機。

而這塊「安全橡皮」掉落在現場。這麼說，就是安奈拔槍、舉槍，然後拿下了安全橡皮。

那，爲什麼呢？

安奈拔槍對準了犯人。犯人卻不予理會，繼續攻擊安奈。而安奈竟然沒有開槍。不，是沒辦法開槍嗎？

不管哪一種情況都令人難以想像。主要的是，安奈可是「特訓」的成員，她對槍的看法也很清楚。她還說過那些話。

不管再怎麼凶狠的犯人，只要有槍，就能夠讓對方乖乖聽話……

「不該讓她去玩什麼射靶遊戲的。竟然讓娘兒們拿槍當玩具，上頭眞是蠢。」

箕田邊走邊說，雖然裝作自言自語，瑞穗卻有了反應。

「不是那樣的，南田可是認真的。」

「不過她確實是很跩吧！本署都下了命令，她卻擅自行動。」

「那是……」

瑞穗無話可說，或許眞是如此。安奈的內心產生了「只有要槍」的過度信任與自滿。

「不管怎麼樣，犯人的目的不是警察，他的目標是女警，他覺得如果對方是女人，就可以輕易搶到槍。妳自己也多提防點哪！」

箕田不屑地說完，便走進來來去去的搜查人員之中，瑞穗追上去卻跟丟了。被殺氣騰騰的搜查員推來擠去。這段期間，瑞穗的右手一直按著槍套。

六

抵達現場，卻沒看到箕田的蹤影。

巷子入口處拉起第二條警戒線，裡面正在進行鑑識作業，就算是刑警也不能進入。照明燈照亮了馬路，鑑識組員在地上爬行似地採集遺留物，三頭警犬抵達現場，不過還沒開始行動，或許是氣味來源難以判定。

瑞穗不打算找箕田了，她撥開搜查員，站在警戒線前面。

在倉庫之間的小巷，進入那條柏油路小巷大約五公尺的地方，有一灘人頭大小的血跡，就在小巷子中央稍微偏右的地方。

瑞穗凝視著那灘血。

安奈在那裡遭到襲擊。被鐵棒毆打、擊倒、手槍被搶走了，而安奈現在躺在醫院裡，在生死邊緣掙扎。

憤怒、悔恨及哀傷同時湧上心頭。

安奈是她的同事，是夥伴。不，安奈和瑞穗都是警察的一員。不分男女，都是想要盡一己之力改善社會治安的人。安奈的確違背了命令，她依賴手槍，或許是過於自滿，但她絕不是為了賣弄槍枝才搜查四周的，她是察覺到犯罪行為才展開行動的，因為不能坐視不管，所以才去搜索疑犯。使命感。除此之外，還有什麼理由能夠驅使安奈行動？

想替她報仇……

瑞穗祈禱似地把手指交握在胸前。滿腔的熱血幾乎要從胸口湧出。

瑞穗鬆開手指，紅著眼睛開始觀察現場周邊，再細微的資訊也不放過。一定要找出連接犯人的線索，她在心裡發誓。瑞穗的槍法不好，查訪工夫也差，但是她對於自己靠鑑識及嫌犯素描所培養的觀察力，有著不輸給任何人的自信。

望向右邊，兩名鑑識組員正試著從電線桿採集指紋，那應該是綁上塑膠繩的電線桿，正好位於倉庫的陰暗處，月光照不到的地方，犯人一定事先勘查過好幾次了。

她轉回視線。

現場是條死巷，血灘前方約三公尺左右，巷子盡頭拉上了鐵絲網，無法通行，另一頭似乎是市政府的垃圾車停車場。從這裡沒辦法看盡全景，但是看得出兩輛垃圾車像是連結電車般緊靠著停放，不只一列，往停車場更裡面的地方，似乎排了四、五列。如果從上空俯瞰，車子就像棋盤格一樣整齊、毫無空隙地停放在一起。前往收垃圾時，所有的垃圾車都會駛離停車場，像這樣停得滿滿的，可能比較方便。

不管怎麼樣，整齊停妥的垃圾車發揮了「牆壁」的功用。停車場的另一端一定有馬路，但是這就很難期待會有目擊者了。垃圾車的車窗看起來是全黑的，好像貼上了防紫外線的隔熱紙。車子併排地排了四、五列，想要看透隔了將近十層隔熱紙玻璃的另一端，就算是大白天也辦不到。

如果案件發生在早上，狀況就完全不同了。場裡的垃圾車全部開出去，視野變得寬闊，案發時的聲音應該也會傳到遠處。

「光靈敏（註）！」

聲音響起的一瞬間，四周突然變暗了。警方為了進行光靈敏測試，關掉了照明燈。或許會有犯人踏過那灘血的痕跡，若是如此，便能夠使用讓血液成分發光的試劑，追蹤犯人逃走的足跡。

鑑識組員蓋上暗幕，開始作業。照明燈雖然關掉了，但是月光形成了阻礙，這條巷子相當明亮。

瑞穗往右邊移動了兩三步。她想從血灘正面觀察。

這時候，她往那堵「垃圾車牆」的方向看到了一小盞燈光，只有短短的一瞬間，是腳踏車的車燈，她這麼覺得。但是爲什麼看得到那個東西？就在她思索的時候，傳來了「光靈敏無反應！」的叫聲，照明燈打開了，現場又恢復有如白晝般的明亮。

剎那間，她瞭解狀況了。

往右邊移動幾步，視野的角度就會改變，瑞穗發現這個新的線索。她發現那面「垃圾車牆」裡，有一條小細縫可以從這裡一眼看穿停車場的另一端。前面的車子與後面的車子緊緊相鄰，但是即使如此，還是會產生若干縫隙。就像瑞穗剛才所想的，車列排到第四列、第五列，如同棋盤格一般分毫不差地規矩停放，所以這幾列的縫隙便呈現一直線，可以看到停車場另一端的「小車燈」。

她心跳加速。由於這個發現，她看到了重大的事實。

瑞穗因爲改變了站在血灘正面的位置，看到了車燈，血灘毫無疑問是安奈站立的場所。也就是說，安奈站在「牆壁」縫隙的正面。

假設成立了。

安奈也看到了「小車燈」。

若是如此，「特訓」的安奈無法開槍的謎團也解開了。

註：luminol，為白色固體，加入鹼性溶劑與雙氧水，可調製成鑑識血跡用的試劑。遇血液會發出藍白色螢光。

安奈把犯人逼進小巷，犯人手持武器，因此安奈拔槍，戒備。這時候，她看到犯人背後的燈光。有人在那裡。安奈這麼直覺，因此犯人手持凶器上前襲擊，她卻無法扣下扳機……

瑞穗這麼認爲。不，一定是這樣的。安奈害怕連累到一般市民。

瑞穗突然驚覺一件事，安奈看到燈光，不正意味著那個時間，有誰經過了停車場對面？那麼或許在案發時聽見了聲音。

這麼想的時候，瑞穗已經跑了出去。她遠遠地繞過倉庫街，朝現場後方的垃圾車停車場跑過去。

抵達之後一看，她嚇了一跳，五列車陣併排的停車場後面有一條渠道，並沒有道路。那麼答案只有一個。有誰不是經過道路，而是經過這個停車場，恐怕是騎著開了車燈的腳踏車……

瑞穗聽到某個聲音，轉過頭去。

她所想像的情景正好映入視野。小小的燈光搖晃著，一輛腳踏車正好穿越停車場。

瑞穗打開手電筒，攔下對方。

「對不起，請你停一下。」

腳踏車停了下來，一雙眼睛不可思議地凝視著瑞穗。月光下的那張臉，很明顯是一個國小男生的臉。

七

隔天下午，瑞穗前往「桃瀨川小學」。正確地說，她是去緊臨小學旁邊的那棟六角型建築物「桃瀨川學童托兒所」。這個機構提供托兒服務，一些雙薪家庭或單親家庭的小孩即使放學之後家裡沒人也可以在這裡待到五點。托兒所的經營方式有市立或民間義工團體等各種形態，大多會雇用數名指導員，安排孩子們一起遊玩，或規定時間讓他們寫作業。

「以前不是都叫鑰匙兒嗎？現在稱作留守家庭兒。不過還是跟以前一樣在脖子上掛鑰匙。最近，跟著單親爸爸的小孩子也越來越多了。」

指導員安倍有子一邊分配孩子們的點心，一邊敘述內情。聽說她以前是小學老師，現在將近七十歲了。

「可是一想到有人拿著槍在附近遊蕩，就覺得好恐怖！」

也難怪她會這麼想，這裡距離案發現場只有三百公尺左右。

「聽說從今天起，學校會集體放學。我們也想讓男性指導員陪小朋友一起回家。」

瑞穗嘴裡附和著，有一種坐立難安的感覺，讓孩子們的父母與教師陷入恐慌的不是別的，正是「警察的槍」。在瑞穗併攏的膝蓋前，放著用面紙盛裝的餅乾及年糕片，然而她並沒有心情享用。

過了下午兩點，兩名低年級的學童在房間裡玩耍。等大家都到齊了再問話吧，瑞穗這麼想。

她從昨天在垃圾車停車場遇到的那個六年級男生得到了許多情報。上下學的規定路線要繞很遠的路，所以往東邊回家的小朋友，幾乎都會經過那座停車場。也有很多小朋友瞞著父母和老師，騎腳踏車上學。不過要是騎到學校一定會被罵，所以他們都在早上騎車去上學，途中把車子停在那座停車場的角落，放學之後再騎回家。因爲父母管不到，所以才能這麼做；若說他們很逞強，也的確如此。

姑且不論這些，瑞穗想見的是昨天傍晚五點之前經過那座停車場的小朋友。根據六年級生所說的，有三個人可能經過。

「全員都到齊了。」

過了三點，有子過來叫她。瑞穗也覺得差不多了。房間裡鬧哄哄地擠滿了將近三十名小孩子，雖然正值隆冬，這裡卻充滿了嗆人的熱氣。

有子發揮前任小學老師的巧妙本領，讓孩子們安靜下來，然後催促著瑞穗：「請！」

瑞穗站起來，幾十對興致勃勃的眼神全部仰望著她，女警無論到哪所小學總是受歡迎的。

「今天我不是來上交通安全課，剛好相反，我是來請教大家一些問題。」

瑞穗盡可能地以溫柔的語氣進行說明。

「在這之前，我稍微自我介紹一下。我是畫圖的女警，我把那些壞人或是警察想找的人的臉孔畫下來，在電視上公佈。大家看過嗎？」

「有！」

「我知道！」

雖然想擠出笑容卻笑不出來。瑞穗自己也知道，自從昨天接到案件通報以後，她的臉就一直繃得緊緊的。

話題進入核心。

「你們昨天有沒有人在快五點的時候，經過那座停車場……」

瑞穗還沒說完，就有人舉手了。

「我看到了！」

瑞穗愕然。

看到了？

坐在最前面的一個小男生。大概是二、三年級生，一口蛀牙和一雙圓圓的眼睛，長相討人喜歡。

「我看到有人吵架！」

瑞穗很驚訝。

有目擊者……

他們把小男生帶到裡面的指導室問話。

木村翔大，二年級，單親母子家庭，騎著十二英吋的迷你腳踏車上下學……

「你看到什麼人在吵架？」

「男人和女人。」

「他們說了什麼?」

「不知道,大吼大叫的。」

「剛才你說看到了吧?」

「對!」

「看到什麼?」

「我從鐵絲網那邊看到的。」

瑞穗屏息以待。這個名叫翔大的孩子聽見吵鬧聲,走到停車場與小巷之間的鐵絲網,昨天的月光皎潔,根據情況,或許……

瑞穗難過地嚥了嚥口水。

她凝視著翔大的雙眼。

「你看到男人的臉了嗎?」

「看到了。」

她的心臟怦然一跳。

「你記得他的長相嗎?」

「記得。」

瑞穗站了起來。

她叫來有子,請有子連絡翔大的母親,接著用手機連絡L署的搜查總部,請強行犯四組的殿木班長接聽。

過了一會兒，耳邊傳來低沉的嗓音。

「怎麼了？」

「我找到目擊者了，請准許我畫人像素描。」

「妳說什麼？」

殿木的聲音也夾雜著興奮。

「什麼樣子的目擊者？」

「小二的小男生。他說記得嫌犯的長相。」

「妳要照小孩子的證詞畫嗎？」

「不要小看小孩子，大人看別人的臉孔時會顯得客氣，小孩子卻看得一清二楚。」

「原來如此……」

「詳情我稍後再報告。」

強迫得到許可之後，瑞穗匆促地掛斷電話。時間是勝負關鍵，一分一秒也好，她想盡早將翔大的記憶「移植」到素描簿上。

「警察小姐。」

瑞穗回頭，有子遞出話筒。她說已經向孩子的母親大略說明過了。

「妳好！我是D縣警搜查一課的女警，敝姓平野。我想妳已經從安倍老師那裡聽說了，事實上……」

她一告訴對方想要以翔大的證詞繪製嫌犯素描，那位母親頓時無語。

「我絕對不會給妳們添麻煩的，令郎的名字和身份絕對不會公佈。」

瑞穗使出渾身解數遊說，母親終於不太情願地答應了，不過卻說繪圖時無法到現場觀看。她在醫院從事醫療事務工作，現在是上班時間不方便外出，但是瑞穗等人到醫院也會造成困擾。

那也沒辦法了。瑞穗掛斷電話，轉而對翔大說道：「那，請你說明給我聽吧！」

「嗯！」

素描進行得非常順利。

翔大的記憶力令人驚嘆不已。他詳細地說明那個男人的眼睛和鼻子的形狀，有時候要求瑞穗修改線條，約一個小時以後，一張長臉大眼、年約三、四十歲的男性臉部畫像便完成了。

之後的慌亂情況是瑞穗過去從未經驗過的。

被搶的手槍不知何時會被使用，所以搜查總部的判斷非常迅速。警方緊急召開記者會，公開畫像，這個消息也讓各家媒體蜂擁而至。至於電視，ＮＨＫ及民營電視台都在晚間新聞被迫塞進「犯人的長相」等相關報導。

這些行動發揮了功效。

晚間新聞一播畢，Ｌ署的電話便響個不停。約有二十名男子被通報「長得很像」，其中有四個人被不同的民眾重複指認「一模一樣」。四個人當中的兩人被查出身份，分別在晚上七點五十五分、八點二十三分被警方帶往Ｌ署。

那一天，瑞穗又與木村翔大見面了。因為需要「指證」。她親自開車去接翔大，不同於得意洋洋的心情，由於是這樣的案件，瑞穗的情緒一直繃得很緊。不過出門之前，她聽到南田安奈的情況似乎趨於好轉，心裡總算得到了一絲安慰。

翔大的住處在一棟老舊公寓的二樓。已經過了八點半，母親還沒回家，翔大把身體塞進矮桌底下的暖爐，只露出脖子以上，一個人正在看電視，桌上放著熱水壺和吃到一半的杯麵。翔大蠻不在乎地說「媽媽加班」，一個八歲大的孩子竟然知道這個字，瑞穗覺得悲哀。她打電話取得母親的許可，把翔大帶出公寓。

他們在九點之前抵達了L署。

廳舍二樓，刑事課的偵訊室。「二號」和「四號」亮起了紅燈。

首先，把翔大帶到「一號」。除了瑞穗，殿木與總部搜查一課課長松崎也跟著進來。隔著魔術鏡，讓翔大指認隔壁「二號」的男子。

「不是這個。」

翔大看了一眼，隨即斷定。

三個大人同時嘆息，瑞穗的嘆息聲特別長。

「請你再看一個人。」

瑞穗說道，翔大一臉認眞地回答。

「就算要我看一百個人也可以。」

「謝謝。」

瑞穗擠出笑容，摟著翔大的肩膀，把他帶進「三號」，讓他看隔壁「四號」的男子……

瑞穗的反應比翔大更早一步，全身發抖。

那名男子的手肘放在桌上，正在和對坐的刑警說話。

男子的長相和素描一模一樣，那是瑞穗自己畫的，所以明白，就是這個男人，絕對不會錯！

她望著翔大的臉。

翔大的臉色發亮，松崎課長和殿木也充滿了期待的表情。

翔大跑了出去，他像是敲打似地雙手貼在魔術鏡上，出聲大叫。

「爸爸！」

八

醫院走廊上的燈熄了。

標示緊急出口的綠色常夜燈及火災警報器的紅燈在黑暗的走廊上發出光芒。

瑞穗坐在加護病房前的長椅上，深深地低著頭。

她在這次偵查行動中被除名了。

待在這裡等候安奈恢復意識，這是她奉命的工作……

好安靜。然而，直到有人拍打她的肩膀，她完全沒發現有人靠近。

是七尾。

「辛苦妳了。」

瑞穗沒辦法抬頭。無論如何，她都沒有臉見七尾。

「對不起……」

「妳在說什麼呀？事情都過去了，那也沒辦法。賓館的少女凶殺案是妳破的，這樣子不也算扯平了？」

七尾的語氣很開朗。

「可是……」

「哎呀！就當妳做了件好事吧。那孩子的父母不是還沒正式離婚嗎？因爲這次的事很有可能破鏡重圓呀！」

「嗯……」

翔大眞的聽到了吵架的聲音。但是他並沒有看到任何人的臉。

「或許那孩子一直記得公開尋人的節目吧！」

「我想是這樣的，都是我不好，都是我告訴他們畫像會在電視上公佈……」

「他一定很想見到他爸爸吧。」

瑞穗輕輕地點頭。翔大一臉認眞所說的話，留在她的耳畔。

就算要我看一百個人也可以……

「一定是爸爸取的吧。」

「咦？」

「那孩子的名字。翔大這種名字，母親應該也想不到吧？」

帶著笑意的聲音在走廊迴盪，瑞穗忍不住望著七尾的臉。

那是一張筋疲力盡的臉，皮膚粗糙，眼眶四周有黑眼圈。

七尾被打壓得很慘，她不顧上級的反對，讓女警佩帶手槍，結果卻造成最嚴重的後果。而且在同一件案子裡，同樣是女警的瑞穗又捅出大漏子，這簡直像在傷口上抹鹽。

七尾在總部的立場一定一敗塗地，投身於堅不可摧的男性社會，孤軍奮戰、爲後進女警開荒拓土的七尾，她的努力全部化成了泡影。

然而七尾卻在微笑。

爲什麼？

這還用問嗎？因爲她覺得瑞穗意氣消沉，所以才特地過來打氣。

七尾果然堅強，好厲害，而且好溫暖。

「可是，太好了。」

七尾嘆了一口氣說道。

「咦？」

「我是說南田，如果順利的話，明大就可以轉到普通病房了吧。」

「嗯，剛才醫生說她稍微恢復了一點意識，明天早上或許就可以說話了。」

「眞的？太好了，只要還活著，努力的機會將來多得是。」

七尾站了起來，彎著腰用雙手捧住瑞穗的臉頰，露出刻意裝出來的猙獰表情。

「聽到了嗎？妳也一樣。」

如果安奈恢復意識，記得通知我。七尾留下這些話就離開了，身影沒入走廊的黑暗中。

之後，瑞穗稍微打了一會兒瞌睡，這一定是「七尾效果」所致。但是腦子的一部分還醒著，並沒有睡著，而是不停地思考。

安奈沒有看到「小車燈」。那麼，她爲什麼沒開槍？

九

第二天早上七點過後，安奈恢復了意識。

「我完了……」

這是安奈發出的第一句話，她的眼睛朦朧地凝視著天花板。

瑞穗從醫師那裡得到五分鐘的會面許可，只有短短的五分鐘，沒有時間輕聲慰勞她。

瑞穗挪近床邊，把臉湊近枕邊。

「南田，我是平野。看得到我嗎？」

「哦，平野……」

安奈想微笑，臉卻皺了起來。

「可以告訴我狀況嗎？」

「嗯……」

似乎很難說得太長。

瑞穗主導談話。

「妳把那個安全帽男子逼到巷子裡，舉起手槍，拿掉安全橡皮，後來怎麼了？」

「犯人……拿著……特殊警棍……」

「嗯，所以妳才舉槍吧？」

「對，我叫他拿下安全帽……」

瑞穗感到全身緊繃。

要對方拿下安全帽，意思就是，安奈看到了犯人的臉？

「妳看到他的臉嗎？」

「嗯……」

「怎樣的男人？」

「不是……」

不是？什麼東西不是……

瑞穗凝視著安奈的嘴唇。

女……人……她的嘴形是這麼說。

瑞穗感到毛骨悚然。

犯人是女的！

「她的身材很高……可是，我太大意了……，對方是女的，沒什麼大不了的……我一定是這麼想……，我一放下手槍，對方就突然用警棍……」

安奈忍痛擠出笑容。

「我好笨……，女人也能做得跟男人一樣好……我老是把這種話掛在嘴邊，沒想到……」

醫師走進病房。

瑞穗匆匆問道：「妳記得那個女人的臉嗎？」

「就算叫我忘掉我也忘不了……」

到這裡是極限了，安奈似乎隨時會昏過去。

「今天我還會再來看妳，到時候來畫素描吧。」

安奈微微地點頭。

「小姐，時間差不多了。」

聽到醫師的提醒，瑞穗回過頭去，默默地向他行禮，然後又轉過來對安奈說道：「不管是男是女，我們一定要抓到犯人。」

安奈的眼神變得堅毅。

瑞穗把手伸進被子裡，緊緊握住安奈冰冷的手指說道：「我也犯了錯，我也一樣。」

安奈的手指微微一動，做出握緊瑞穗的動作。

十

D縣警被逼到前所未有的窘況，被搶的NEW NAMBU M60至今尚未尋獲，而它的彈匣裡裝填了五發實彈，誰都害怕被二次傷害。萬一警方的手槍奪走了市民的生命，總部長底下不知道會有多少名幹部被革職。

報章媒體原本高唱「女人的時代」來臨，對女警佩帶手槍持正面態度，現在全都轉爲一股腦的批判。

「擔憂的事態化爲現實」

「安全對策是否做到萬無一失？」

「女警佩帶手槍的時期是否太早？」

被犯人奪槍的南田安奈，除了頭部側面之外，全身有十幾處遭到特殊警棍毆打，送醫急救。雖然一時有生命危險，不過今早已經短暫恢復意識。她作證說：「犯人是年輕女性，圓臉，短髮，身高約一百七十五公分。」

犯人也是女人……

媒體的論調不一，不過縣警的混亂情況更嚴重，他們無法歸納出嫌犯的樣子。一開始傳出安奈被鐵棒襲擊的情報，因此犯人是激進派的說法比較有力，但是現在知道凶器是三段式伸縮特殊警棍，犯人是警察迷的說法頓時甚囂塵上。是否眞有女性警察迷存在的疑問、犯人是不是爲了射殺男性仇家而奪槍等等老套的看法，以及被女警取締違規而心生怨恨等說法也眾說紛云，搜查方向遲遲無法確定。

結果，警方認爲就此斷定嫌犯特徵實在太冒險了，於是決定現階段應徹底過濾「高個子女人」比較妥當。雖然現代男女的體格都比以前改善，但是身高超過一百七十五分公的女性，縣裡應該不多。所以，以刑事部門爲首，生活安全、警備、交通等部門未參與重要案件的警察，大多數被派去蒐集「高個子女人」的情報。除了廣範圍的訪查行動，也調查有前科的女性身高。另外，還秘密蒐集國、高中運動社團的校友名簿，首先是排球社和籃球社……

有如大海撈針般的搜查行動持續進行著，不過若說縣警高層沒有勝算也絕非如此。南田安奈再度恢復意識，若以她正確的記憶力繪製嫌犯畫像，想抓到這名身高一百七十五公分的年輕女子，也不是不可能，他們抱著如此的確信。

十一

D中央醫院的加護病房……

瑞穗坐在床邊的椅子，腳邊放著一組素描專用畫材。昨天，她犯下以小孩證詞畫錯人像素描的重大失誤。那是因爲她不夠謹慎，不允許再度失敗，今天一定要把工作做得完美，對搜查行動貢獻一己之力，她的內心充滿了這樣的氣慨。

安奈昏昏沉沉地睡著，早上恢復部分意識，但還是需要絕對的安靜。靠著好幾瓶點滴支撐，受了重傷的身體與心靈正持續著無意識的戰鬥。

瑞穗望著手錶，下午一點半剛過。縣警總部一次一次地詢問：「還沒醒嗎？」每當有人問起，瑞穗便回絕：「請等她自然醒來。」不只是為了安奈的身體著想，若是勉強叫醒她，讓她以模糊的意識作證，不可能畫出令人滿意的嫌犯素描。

瑞穗在毯子上交握手指，凝視著安奈的睡臉。安奈的眉頭緊皺，用紗網固定頭部的繃帶微微地滲出血。有誰能夠想像，被選拔為「特訓」成員的安奈，竟然會遭遇到這種事？

只能說是諷刺。把偷襲的犯人逼到絕境，舉槍的安奈得知犯人是女人之後，竟然因大意而遇襲了。希望與男性平起平坐，並認為應當藉由佩槍來得到平等對待的安奈，內心卻潛藏著「女人沒什麼大不了」的想法。

瑞穗回過頭。

房門被打開一條縫，露出箕田主任那張焦躁的臉。在這件案子中，他是瑞穗的搭檔。

「喂，還沒醒嗎？」

箕田語帶怒意的聲音在室內迴響。

瑞穗把食指按在嘴唇上。

「請不要這麼大聲，她馬上就會醒了。」

「不要隨便亂說啦，妳又不是醫生，懂什麼？」

「她的眼球在眼皮底下轉動。我想應該是進入 REM 狀態了（註）。」

「總部命令現在立刻叫醒她。」

「所以我已經說過很多次了，勉強把她叫醒的話……」

箕田沒聽完就把門關上了。不，應該說是他執行了總部的命令嗎？用力關門的聲音，震醒了安奈。

「嗯、嗯……嗯……」

安奈的唇間發出微弱的呻吟，她不舒服地轉動頭部，可能因此觸動了傷處，發出「嗚」的輕微叫聲，睜開了雙眼。數秒之後，安奈瞇起眼睛，茫茫然地凝視著天花板。

瑞穗屏息以待。安奈的眼睛越來越細，但是沒有閉起來。

「平野，來畫吧……，我一定得做……」

安奈斷斷續續地說，瑞穗的身影似乎映入她的視野角落。

「不要緊嗎？」

瑞穗低聲呢喃，安奈以眨眼表示同意，她的眼神充滿了明確的意志。一定要抓到犯人，無論如何，都要把手槍拿回來……

瑞穗叫來主治醫師。診察之後，獲得了只有十五分鐘會談的許可。

集中治療室前的走廊上，除了箕田，還有將近十名警察，不只是刑事及鑑識，連管理部門的人都混在裡面。瑞穗再次體認到，這件案子動搖了整個縣警組織。她緊張萬分地回到房間，

註：速眼動睡眠（rapid-eye-movement sleep, REM sleep），此階段的重要特徵就是眼球會快速轉動。

一對一，製作嫌犯素描的過程不能有第三者介入。

瑞穗著手準備，她在病床的枕邊裝上可動式書架，上面放的不是書本，而是鏡子。她調整角度，讓安奈看得到瑞穗素描的手。

來吧！瑞穗鼓勵自己，醫師給的時間很短暫，她迅速打開素描簿，拿起４Ｂ鉛筆。

「開始了。」

「首先是輪廓，是圓臉吧？」

「嗯……」

「對……」

瑞穗大膽地畫出臉部的輪廓線。

「感覺像這樣嗎？」

「更圓一點……」

安奈以認真的眼神盯著鏡子。

「眉毛呢？」

「很粗……我想那是她原本的眉毛……，沒修過……」

瑞穗的手忙碌地移動。

「怎麼樣？」

「啊……沒那麼彎……接近筆直的感覺……」

橡皮擦在紙上塗擦。

再度下筆。

「這樣？」

「不是。眉心更窄一點……，對，這種感覺……，很像。」

「眼睛呢？」

「很細……細細長長的，眼角上揚……」

「單眼皮嗎？」

「對……」

「怎麼樣？」

「唔……眼角好像再上揚一點……」

瑞穗望著安奈。

「那是攻擊妳的表情吧？請想像她平常的表情，唔，像是剛拿下安全帽時的表情。」

「嗯，可是，還是再上去一點……」

橡皮擦擦掉，鉛筆重新勾勒。

「眼睛和眉毛的位置怎麼樣？」

「對……覺得好像再分開一點……」

橡皮擦擦掉，鉛筆重新修正。

「這樣？」

「對，蠻接近的……」

接近，那是不行的。

瑞穗說了。

「南田……就算我畫錯了，也不要客氣。這是我的工作。就算我重畫幾百次也沒關係。」

「啊……」

「第一，如果畫得不像，就抓不到犯人。」

瑞穗加重了說話的語氣。

短暫的沉默之後，安奈發出像蚊鳴般的聲音。

「對不起……」

「哎呀，不要道歉嘛。」

瑞穗連忙說道，把臉湊近安奈。

「早上我說過了吧！昨天因爲素描犯下大錯，所以這也算是爲了我自己。」

安奈微微地笑了。

「平野好老實呢……」

「因爲這是眞的呀。」

「知道了……我不客氣，也不妥協，一定要畫出完美的素描，抓到犯人。」

「嗯，就是這樣。」

安奈恢復一臉嚴肅。

「眉毛和眼睛……我覺得再分開一公厘左右……」

「好。」

瑞穗明朗地回答，回到作業。橡皮擦擦掉，鉛筆修改，橡皮擦擦掉，鉛筆修正……

「鼻子呢？」

「鼻翼很大……。不過鼻樑蠻挺的……」

安奈的表情扭曲。

「痛嗎？」

「沒關係……繼續。」

「可是……」

「快點……」

「我知道了……嘴唇的形狀呢？」

「很薄……就像能劇的面具……」

四十分鐘以後，素描差不多完成了，醫師一次也沒來阻止，或許被走廊上的警察擋下了。

瑞穗目不轉睛地凝視著素描。

確實是女人的臉，但是相當男性化，如果把這張素描公開，五個市民大概會有一個以為這是男人吧！安奈說犯人完全沒有化妝，或許是這個原因，但是……

瑞穗開口了。

「我有一個問題。」

「什麼？」

「有點難以啓齒……」
「不是說……不用客氣也不妥協嗎？」
瑞穗點點頭。
「南田……不能原諒自己被女人攻擊，妳會有這種心情嗎？」
安奈緩緩地眨眼。
「若說沒有，那是騙人的……，我想一定有的。」
瑞穗站起來，把素描按在胸前讓安奈看。
一陣子之後，安奈說了：「一模一樣……」
瑞穗並沒有放下素描。
安奈的視線，從素描移向瑞穗的臉。
「不要緊，我會壓抑這種情緒……，因爲我是警察……」
瑞穗不知不覺地伸出手。
她輕輕觸摸安奈的臉頰。
她的臉頰好熱。有如燃燒一般……
瑞穗轉過頭，朝門口出聲。
「嫌犯素描完成了！」
箕田迫不及待地衝了進來，從瑞穗手裡搶過素描，又一陣風似地消失無蹤。

十二

下午四點，公佈嫌犯素描。

各家電視台蜂擁而至，昨天才被塞了錯誤的人像畫，他們卻不計前嫌地在傍晚的新聞時段播出瑞穗與安奈合作完成的素描。同時，「身高約一百七十五公分」的重要線索也隨之公佈。

迴響相當熱烈。以特搜總部所在的L署為首，縣警總部及縣裡各署都陸續接到了「我知道長得很像的女人」、「我看到一模一樣的女人，身材也很高」的電話。

瑞穗和其他強行犯組員一起待在總部搜查一課的刑警辦公室裡，確認各署報上來的傳眞，他們特別留意「重複情報」。不到三十分鐘，便出現了意外的結果。從鄰縣K市傳來的情報有將近二十件，其中大部分都指向同一名女子。

鈴木眞壽美，二十四歲，身高一百七十六公分。

二十分鐘以後，鄰縣的巡邏隊便查出眞壽美的老家，將極爲具體的情報通報進來。

詳細資料如下——

眞壽美在K市出生成長，她的父親個性相當古怪，在眞壽美很小的時候，就讓體格異常壯碩的她穿上男裝，帶著她四處遊走，要她在人前學男人說話。母親曾經想要勸阻，但是夫婦只要爲了這件事爭吵，眞壽美就大哭大鬧，以男性用語連珠炮似地吼叫。附近居民都說，眞壽美可能是怕被父親討厭。

上國中時，眞壽美的雙親相繼病逝，她成爲父親上司的養女。眞壽美在國、高中都受到學校排球社及籃球社的大力邀約，但是她不擅長運動，所以並沒有加入社團。她的學業成績普通，沉默寡言、個性內向，熱中於塡字遊戲的設計，曾經獲得好幾次獎金。高中畢業後，她在市內的事務機廠商任職，短短一年就離職了，原因之一似乎是被矮冬瓜上司取了「女巨人」的綽號，同時也遭到男同事連日來的消遣。爲了重新就職的事，眞壽美和養父起了爭執，在四年前離家出走，從此下落不明。養父知道眞壽美帶著提款卡，於是每個月固定在她的銀行戶頭裡匯入十萬圓。那筆錢定期地被領走，因此知道眞壽美一定還活著。養父消沉地作證說，「雖然很難過，不過這畫像眞的很像眞壽美」……

此外，五分鐘之後，出現了一個讓刑警辦公室爲之喧騰的情報，那是來自豬島町的便利商店店長的情報。「非常像，和一個固定在凌晨兩點左右過來的女客人長得一模一樣。好幾年也沒見她說過話，可是有一次，我聽到她用低沉的聲音對插隊的客人說：『老子先來的』。」

聽說最近有越來越多這種年輕女性自稱「老子」，但是如果出現在便利商店的女人是鈴木眞壽美，或許那是她兒時「遺留」的習慣。姑且不論這些，提供情報的店長在豬島町，距離安奈被攻擊的「木工社區」不到一公里……

「佩槍！」

刑警辦公室裡充滿緊迫的氣氛。強行犯搜查組決定，除了前往縣北溫泉地處理酒女凶殺案的一組之外，全員趕往豬島町。刑警們全部裝配槍套，瑞穗也是。她在腰間繫上附槍套的皮帶，塞進S&W Chief's Special M37，闔上蓋子。

「四組！」

班長殿木扯開嗓門大叫，包括瑞穗在內的八名部下集合。

「我們去調查西地區的公寓。」

殿木說道，開始分配住宅地圖的影本。但是當他轉向瑞穗時，手卻停了下來，臉頰上的刀疤跟著牽動，凌厲的視線朝她上下掃視。

「爲什麼穿裙子？」

「咦？」

瑞穗穿著深藍色的西裝式上衣和窄裙，她總是這麼穿，因爲褲子不適合她，而且她也不覺得褲裝比較方便活動。

「替換衣物呢？」

「沒有。」

「犯人有槍。」

「我知道。」

「妳眞的知道嗎？」

殿木的語氣低沉，一定是因爲時間緊迫，他才沒有繼續說下去。

瑞穗也沒空在意服裝被糾正的事，她握著「Ｄ６３」偵防車的方向盤，伴隨著刺耳的警笛聲，衝出總部停車場。是副駕駛座的箕田命令她「用衝的」。

瑞穗踩下油門，有些興奮地說道：「抓得到吧？」

「所以叫妳用衝的，再也沒這麼好的目標了，先搶先贏！」

箕田的眼神閃爍著，如果能夠用手銬銬上這名犯人，絕對可以獲得總部長的嘉許。

縣道顯得異常空曠。瑞穗望著儀表板旁的電子鐘，七點整，黃昏的塞車時段已經結束了。

瑞穗望著前方說道：「主任……」

「幹什麼？」

「鈴木眞壽美爲什麼要奪槍？」

「想要吧。」

「她是收集狂嗎？」

「嗯，看她設計塡字遊戲就知道了。」

「那是偏見，我也喜歡玩塡字遊戲。」

「我也喜歡啊，不過一般人喜歡玩，並不會想到去設計吧？」

一口氣超越避至路旁的幾輛房車。

「那果然還是偏見吧。」

「笨蛋！我的意思是說，收集狂並不等於犯罪預謀者，熱中於設計塡字遊戲的傢伙具有收集狂的特質，集中精神，一點一滴地進行精密作業，這跟收藏癖類似吧。」

瑞穗感到納悶。雙眼凝視著前方的計程車尾燈。

「她是女人啊。」

「那又怎樣？」

「我不瞭解她的心情。有女的警察迷嗎?」

「當然有。我就知道兩個人……一個因為詐欺罪被我逮捕。妳知道那個女人當時說了什麼嗎?」

「說什麼?」

準備超越開始避向左側的計程車,時速七十公里……

「她望著自己的手,竟然說:『好想要這付手銬。』」

瑞穗超越了計程車。

「開玩笑吧?」

「是真的,還有另一個女人,收集的不是物品而是警察,只要是警察,不管三七二十一地就跟對方上床。」

說完之後,箕田瞄了瑞穗一眼。

主任也跟她睡過了嗎……箕田一定是希望瑞穗這麼問。

「不過,這次這個女人好像有點不一樣。長得人高馬大,還自稱是老子,或許是個男人婆,會不會是那個啊?最近流行的什麼性別認同障礙。」

「那是偏見,與其說是那樣,還不如說她年幼時期與雙親的關係……」

「我看妳才有偏見吧?」

「咦?」

「無論男女、老頭子還是老太婆,其中都會有壞人吧?女巨人當然也有壞人啊!」

警察也是一樣，瑞穗很想這麼跟他說。

瑞穗沉默著，繼續超越前方的拖車。箕田說話了：「仔細想想，妳也算是一種警察迷嘛！」

瑞穗不懂他的意思。

箕田接著說：「我從小就嚮往女警的制服……妳也是這種人吧？」

雖然被猜中了，但是爲什麼一定要這麼說？如果不是在專心超車，瑞穗早就瞪了回去。

「難道妳這麼執著於短裙也是這個原因？」

拖車不肯避開。

「嗳，不管怎麼說，會眞的想當警察的女人，可以說是超級警察迷吧。」

好不甘心，還超不過拖車，時速八十公里……

「男人還不是一樣。」

終於說出口了。

「一開始憧憬制服，但是漸漸瞭解到職務的重要性……」

「聊天時間結束。」

箕田片面打斷對話，關掉紅燈和警笛。

車子進入豬島町，瑞穗留意到正前方數量驚人的窗燈，這裡是D市的住宅城鎮（註），公寓的數量似乎比想像中還多。瑞穗讓車子減速，馬上就看到四組分配的西地區。

瑞穗轉換思緒，現在不是吵架的時候，奪槍犯鈴木眞壽美就潛伏在公寓林立的這一帶。

「我把車子停到那座公園旁。」

瑞穗旋轉方向盤，把車子駛近，箕田卻粗魯地說道：「不要停，直接開進東地區。」

「咦？可是……」

「別管那麼多，直接去就是了。」

「爲什麼？」

「這還用說嗎？犯人在東地區。」

瑞穗一面放慢車速，一面思索。

「我不懂，爲什麼主任斷定在東地區？」

「西地區才剛開發完成，東地區的老舊公寓比較多。」

「所以？」

箕田用食指戳了戳自己的太陽穴。

「多用點腦筋吧……犯人是個身材高大，容易引人注意的女人。如果白天和一般人一樣去上班，很多人看到那張素描應該會通報她目前的工作地點吧。」

「啊……」

確實沒有收到關於嫌犯工作地點的情報，除了指名鈴木眞壽美、來自K市內的情報之外，

註：住宅城鎮（bed town），和製語，指大都市周邊的住宅地，居民白天大多在大都市就職，只有晚上回來居住，沒有任何產業發展。

其餘都是「看到相似的女人」。

箕田接著說。

「鈴木眞壽美目前無業，也就是靠著養父每個月匯入的十萬圓過活。如果是妳，妳會怎麼做？付昂貴的房租，住在西地區的新大樓嗎？」

「不……。」

「是吧！眞壽美住在東地區的廉價公寓，她的生活作息恐怕是日夜顚倒。白天待在屋子裡，晚上出來遊蕩。若非如此，除了便利商店的店長以外，應該還會有大量的目擊情報從豬島町傳進來。」

瑞穗忍不住點點頭。姑且不論人品，箕田刑警配屬在總部的強行犯組不是毫無道理的，但是……

「上級下的指令是西地區。」

箕田咋舌。

「要洞察先機。不管怎麼樣，兩個小時以後，命令就會變更，叫我們全部前往東地區。」

瑞穗明白箕田想說的話，無論眞壽美多想避人耳目，至少還是會與公寓房東或不動產業者見過面。這些人錯過了傍晚的新聞，而大多數男性看的都是九點到十一點時段的新聞。一旦眞壽美的公寓被查出，上級下令趕往現場時，如果他們還在西地區徘徊，就別奢望第一個趕到現場了。換句話說，瑞穗和箕田這一組就沒機會逮捕眞壽美了。

「沒必要把功勞拱手讓給其他人吧！」

瑞穗沉默了，她的腳持續輕踩著煞車，車子隨時都會停下，但是瑞穗猶豫著最後是否該踩下。

她的心情和箕田很類似。

想親手逮捕犯人，安奈躺在病床上的模樣深深地印在她的腦海裡，如果立下功勞，也可以抵消昨天犯的錯。

但是……

對於一名警察而言，上命下從絕對要遵守，而且不管可能性多大，也沒有證據證明鈴木眞壽美住在東地區。憑直覺就擅離職守，萬一眞壽美眞的住在西地區那怎麼辦？如果每個人都獨斷獨行的話，團隊工作將會瓦解，組織搜查也無法成立了。

瑞穗用力踩下煞車，停下車子，她轉頭對箕田說道：「我覺得還是應該在西地區搜查。」

「開車！往東！」

「警察有服從命令的義務。」

「哈！那要是有人在妳面前被殺，沒有命令妳也不行動嗎？」

「那是現行犯……」

「不要跟我抬槓，笨蛋，夠了，妳下車！」

「下車？那，主任一個人去東地區？」

「沒錯……受不了，女人眞是一點用也沒有。」

她的內心一陣激盪。

森島光男的話語在腦海裡甦醒。

所以說女人不中用嘛……

瑞穗咬緊著嘴唇。

這種話以後還要聽幾遍？直到自己辭職爲止嗎？不，男人不就是要讓女警辭職才說出這種話嗎？

「喂，趕快下車！」

箕田的語氣很粗暴。

瑞穗緊握方向盤。

「請坐穩。」

「什麼？」

瑞穗踩下油門，輪胎發出刺耳的摩擦聲，車子猛然前進。

與機搜隊的偵防車擦身而過。瞬間映入眼簾的隊員表情，和箕田一樣渴望著功勞。

十三

東地區的空氣凝重無比。

除了低矮的公寓區，令人聯想到火柴盒的獨棟租賃屋緊挨在一起，櫛比鱗次。路燈稀少，商店也稀稀落落。老舊而無人居住的公寓張開黑暗的大口，讓原本漆黑的道路與窄巷顯得更陰森，西地區一帶新市鎮的明亮及華美，完全不存在於東地區。

瑞穗跟在箕田身後，小跑步地穿越公寓之間的小巷。負責東地區的強行犯第三組，搜查步驟採取由外向內逐漸縮小查訪範圍的策略，所以箕田反向操作，從地區中心的公寓開始查起。

瑞穗並不同意箕田的作法。但是，就在穿越複雜的巷弄，朝裡面前進的過程中，瑞穗感覺鈴木眞壽美就眞的住在這附近。這裡是有隱情者的巢穴，此情此景確實正在瑞穗眼前。

「好，就從這一帶開始吧！」

箕田掃視四周的公寓說道。

「眞的要行動嗎？」

「妳不是也想這樣才跟來的嗎？」

「要是碰到三組的人該怎麼說？」

「要是眞的碰到……」

箕田的話停頓了，他睜大了眼睛，他的視線從瑞穗的臉微微錯開，凝視著瑞穗後方。

什麼？

瑞穗回過頭去，望著黑暗處，巷子裡沒有人影。約十五公尺前的電線桿上，有一盞明滅不定、發出刺耳聲音的路燈。那裡似乎是十字路口。

瑞穗再回頭時，箕田已經跨步跑了出去。

「左邊！」

箕田經過瑞穗身邊大叫，瑞穗也反射性地轉身跑了出去。箕田的背影在十字路口左轉，瑞穗加快腳步，心跳飛快。

不會吧？不會吧！

瑞穗轉過了十字路口。

箕田的背影離她有段距離。他正在全力奔跑。看不見他的前方狀況。但是……沒錯，或許箕田看得見。看得見鈴木眞壽美正在逃跑的背影……

瑞穗拚命地跑。但是追不上箕田，而且距離越來越遠。箕田的背影又左轉了，這樣下去會追丟的。瑞穗盡全力奔跑，她不擅長跑馬拉松，短距離的速度也不快，只覺得呼吸困難，心臟好像快爆了，但是不能被丟在這裡。

瑞穗在轉角處左轉，她看到箕田在遙遠的前方右轉，然後消失不見了。瑞穗拚命地跑，右轉進入巷子，卻再也看不到箕田的蹤影。

瑞穗放慢速度地跑著，她沒有停下來，以接近慢跑的速度四處察看附近的巷弄，找不到箕田，連自己在哪裡都搞不清楚了。

瑞穗停下腳步。

「呼……呼……」

她彎著上半身，雙手撐在膝蓋上，劇烈地喘息著。四百公尺。不，她跑了兩倍以上的距離嗎？

瑞穗倏地抬頭。

她聽到聲音。

砰！是那種聲音。槍聲？不，不對，好像是用力踹什麼似的……

瑞穗循著聲音的方向走去。右邊，就在她轉過小巷右邊的時候——

砰！

又聽見了，那聲音比剛才還大，瑞穗小跑步，逐漸加速，然後又開始全力奔跑。

因爲她發現了箕田。

箕田舉著槍。

在一棟兩層樓高的公寓前。一樓角落房間的門打開了，箕田舉槍指向裡面。是箕田把門踹破的，這麼說鈴木眞壽美在裡面！

箕田衝進去了。

瑞穗連滾帶爬地跑進公寓。除了箕田衝進去的房間之外，亮燈的只有二樓的一個房間。公寓的灰泥牆壁幾乎剝落，箕田踹開的木門，看起來像是海邊小店附設的淋浴間一樣粗糙。

瑞穗望著裡面，一邊喘著氣，肩膀一邊劇烈起伏著。箕田背對著她，站在毫無隔間的房間正中央。在他前方的最裡面有一扇窗開著，窗簾隨風搖晃。

從窗戶逃走了！

「主任！」

瑞穗叫了一聲，穿著鞋子跑進房間。這一瞬間，她看到了驚人的景象。矮桌上擺著警察手冊、黑手銬、警笛、臂章……。牆壁和榻榻米上則掛放著制服、警帽、皮帶、手銬收納套、特殊警棍、警棍吊鉤……

已經毫無懷疑的餘地了，鈴木眞壽美是警察迷。

瑞穗赫然一驚。

沒有手槍，只有手槍遍尋不著。

箕田已經從窗戶跳出去了。

「主任，等一下……」

瑞穗跑近窗戶。

一雙佈滿血絲的眼睛看著她，箕田也氣喘如牛。

「幹嘛！」

「呼叫支援了嗎？」

「混帳，這是我追到的獵物！」

箕田說完，掃視左右。他朝左邊跑去。

瑞穗從窗戶探出頭，外面是一條比公寓正面更寬敞的道路。往右看，約二十公尺左右的盡頭是廢車棄置場，好幾輛車子堆疊著，再過去是一堵高牆，如果逃進這裡就是甕中之鱉了。往左看，道路沿續至隔壁公寓前面左轉。現在，箕田正彎進轉角，如果要逃亡的話，確實該往這個方向。

瑞穗從窗戶爬下來，往廢車棄置場的陰暗處瞥了一眼，爲了追上箕田她開始用跑的，但是隨即停下腳步。

瑞穗緩緩回頭。陰暗處……。堆積如山的廢棄車輛……

沒有逃走，躲起來了，瑞穗在口中默唸。

爲什麼？

因爲眞壽美不擅長運動，因爲她跑不動了。

因爲她打算回房間，因爲她是收集狂，因爲那些收藏品很重要。

因爲她想出其不意，打算躲過刑警之後再逃亡。

鏘鎯……。廢車棄置場傳來聲響。

那是非常細微的聲音。

然而聽在瑞穗的耳裡，就像撼動天地般的巨響。

不知不覺中，她拔出了手槍。

握把的冰冷觸感甚至傳進了腦袋裡。

瑞穗的雙手握緊手槍，往前方筆直伸出，向廢車棄置場走去。一步……再一步……。呼吸還是很紊亂，她很在意自己的呼吸聲會不會被對方聽見。

進入廢車棄置場了。

好暗，遠處水銀燈的光線只能勉強照到這裡。

讓眼睛習慣，仔細凝視。

廢車堆約有十幾處，整個棄置場很窄，也沒什麼深度，不過廢車堆形成的死角有三處……四處……五處……

寂靜。不，只有瑞穗吐氣的聲音。她閉上嘴巴，想要止住呼吸聲，但是氣息還是從鼻孔呼出，經過長距離奮力奔跑的肺部與氣管，怎麼樣都不聽使喚。

叩。

心臟揪緊了。

瑞穗把槍指向聲音傳來的聲音。裡面。最裡面的死角……

食指扣上扳機。如同刀刃般的觸感沁進皮膚。

寂靜刺痛了耳朵。

她忍不住開口了。

「有人嗎？有人的話就出來！」

有回應了，以意想不到的形式。

「什麼，原來是女的啊。」

伴隨著輕蔑的聲音，一道黑影從廢車堆後面慢慢地現身。好魁梧，如果眼睛還不習慣黑暗的話，百分之百會誤認成男人。

瑞穗的正前方是那張與安奈一起完成的素描臉孔。兩人隔著約有八公尺的距離……

「我就覺得奇怪，怎麼像條狗似地喘個不停。」

完全是男性的口吻，對方一點都不害怕。瑞穗伸出的手槍準星，筆直地對準鈴木眞壽美的身體中心線。

瑞穗從喉間擠出聲音。

「不許動。」

「妳才不許動！」

被強上兩倍的口氣反駁，瑞穗瞪大了眼睛。眞壽美的手裡也拿著槍，她把槍舉在腰間，槍口對準瑞穗。

瑞穗大叫。

「把槍丟掉！」

「丟掉妳的槍！」

「我是警察。妳已經逃不掉了！」

「我當然逃得掉……只要幹掉妳！」

「如果互相開槍，妳會受傷的！我受過訓練！」

「安全橡皮呢？」

「咦？」

「我在問妳，妳的安全橡皮拿掉了沒？」

這句話聽起來有如五雷轟頂。

忘了……

那塊爲了防止槍械走火，夾在扳機上的安全橡皮還在。如果不拿掉，就沒辦法開槍。

瑞穗已經舉槍了，要以這個姿勢拿掉橡皮，必須先把食指移開扳機，再用手指推掉橡皮才行。

她慢慢地移動手指。

「不許動！妳敢拿掉我就開槍！」

瑞穗的手指停住了。

緊接著響起一陣高聲大笑。

「白痴，所以說娘兒們就是沒用。」

瑞穗咬緊著嘴唇。

我太大意了，膽子莫名變大了，以爲只要舉槍，對方就會害怕不敢抵抗。過於信任槍的力量，不知不覺地依賴手槍……依賴曾經那麼害怕、厭惡的手槍。

「眞幸運！如果是眞的警察，老子現在可能已經掛點了。」

瑞穗瞪著眞壽美。

「啊，不行不行，別露出那種表情，看起來頂可愛的嘛？是不是很受警察先生的歡迎呀？妳就是想釣男人才進入警界吧？」

看起來像眞的男人，不管是長相、體型或心理。

「那，把槍丟過來。」

瑞穗垂下了頭。

「那是S＆W吧？喔，太棒了……快點丟過來。」

「不行……」

瑞穗低著頭說。

「不行？妳找死嗎？」

瑞穗怒而抬起頭。

「我不會把槍交給妳的！」

「那妳去死吧，我要殺了妳，搶走那把槍。」

「就算妳殺了我，我也不給妳。」

眞壽美感到納悶。

「妳眞的想死啊？」

「我是警察……就算被殺，也不能把槍給妳。」

眞壽美微笑。

「只會耍嘴皮子……」

換成了女人的聲音。

「穿著裙子，雙腳站得那麼開，妳那裡不冷嗎？想要男人來滿足妳吧？用警察先生粗壯的那個。妳就是想這樣，所以才去當女警吧！要不然哪有女人會想當警察的。」

「我不會把槍交給妳……」

瑞穗瞪著眞奈美的眼睛，慢慢地開始把食指抽離扳機。

眞壽美伸出槍，瑞穗停止動作。

「明明做不到……」

瑞穗的手指再次移動，指甲碰到了安全橡皮。

眞壽美的臉孔扭曲變形。

「不過是個娘兒們。」

這次又換成了男人的聲音。

瑞穗的指尖顫抖著。

她發現了，眞壽美伸出的手臂在發抖，這是理所當然的。因爲下一瞬間，她或許會殺人。

瑞穗靜靜地開口了：「我不會開槍，只是把橡皮拿掉。」

眞壽美以低沉的嗓音說道：「老子會開槍，妳一拿掉橡皮，我就開槍。」

「妳不會開槍，妳不會殺人的。」

「妳試試看！」

兩人彼此瞪視。

瑞穗咬緊牙關，食指用力，推出安全橡皮。橡皮掉落到地面。

砰！

瑞穗的眼睛瞪得老大。

感覺右肩一陣熱。

中槍了？

右肩依然灼熱，卻感受不到痛楚，黏稠的液體流過衣服與皮膚之間。

眞壽美全身劇烈地顫抖，槍口飄散出硝煙。

「爲什麼？我以爲妳會開槍……爲什麼？」

已經分不清是男是女的語氣了。

瑞穗皺起眉頭，右臂麻痺了。她無法忍受，垂下了手臂，血流了下來，沿著手指和指尖不斷地滴落地面。

瑞穗用左手舉著槍。

眞壽美伸出槍，半彎著腰威嚇瑞穗。

「讓開！妳給我讓開！」

對方陷入恐慌狀態，如果不讓開，她一定又會開槍。但是……

瑞穗不能讓開。

因爲她是警察。

是自己選擇了這條路。

一個聲音在腦袋裡迴響——

瑞穗，開槍。快點開槍，不開槍不行……

食指感覺到扳機的壓力。

忽地，她感到暈眩。

看見萬里無雲的藍天。

還有草原眩目的碧綠。

是瑞穗成長的山中風景。

眞壽美逐漸逼近。

瑞穗並不害怕。她感受不到任何眞實感。

爲什麼我會在這種地方?

爲什麼我會舉槍……

肩膀劃過一陣痛楚。

當然是爲了開槍,打倒眼前凶惡的犯人,如果不開槍,又有誰會被擊中。

她看到了母親的臉,還有父親,以及疼愛自己的祖母的笑容。

再也見不到他們了,我再也回不去了。

我要殺人了……

眞壽美發出怪叫聲,射擊。

瑞穗閉上眼睛,扣下扳機。

對不起……

砰!

悲鳴聲竄進耳裡。

眞壽美翻了個筋斗,倒了下去。

血從她的胸口噴出,手腳不停地掙扎,在血泊中痙攣。

瑞穗也跪倒在地上,背後傳來叫聲。

「要不要緊?!」

是箕田。他手裡舉著槍,看得見硝煙。

瑞穗望向自己的手槍。

「我……？」

「是我開的槍。」

瑞穗倒在箕田的手臂裡，警笛聲由遠而近。

「看妳搖搖晃晃的，這樣下去會被打死的。」

箕田的聲音很亢奮。

瑞穗在模糊的視線中凝視著眞壽美，她沒有動靜，死了，究竟是怎樣的人生……

瑞穗望著箕田的臉。

謝謝你……

這句話怎麼也說不出口。

她被抬上了救護車。

「拜託……，請不要通知我家……」

瑞穗並不記得，她在被運送就醫的途中不斷地重複著這句話。

十四

覺得好像聞到稻草的味道。

她微微地睜開眼睛。
手被用力握住，搓揉著。
母親緊緊地靠在床邊，雙眼泛紅。
窗邊站著一臉怒容的父親。
沒辦法繼續張著眼睛，瑞穗又閉上了。
一個聲音由上而下。
「牛兒都很喜歡妳，妳隨時都可以回家。」
那是從未聽過的溫柔聲音。

十五

在雙親之後來探訪瑞穗的是總部監察課的海老澤監察官。
他對關於箕田射殺鈴木眞壽美的當時狀況，進行了約五分鐘的訊問。瑞穗的心一片混沌，無法好好作答。但是隔天報紙刊載著監察課發言表示「這是執行正當職務」。每當有警察使用槍械，全國各個警察總部毫不例外地都會發表這樣的聲明。
瑞穗的入院長達兩個星期。
前來探病的人絡繹不絕。

病房裡擠滿了女警同事，早一步出院的南田安奈拄著拐杖趕來，宣導室和被害者支援對策室的同事們也來了。偵辦少女凶殺案時，只搭檔了一天的G署老鳥刑警板垣泰造也來探病，板垣難為情地說：「正好到附近，順便。」卻留下了裝有三顆哈密瓜的水果籃。

女警管理組長七尾每天下班後都會過來。有一次總部警務課的二渡調查官和七尾一起過來。瑞穗被問及是否有重返外勤的意願，瑞穗語帶保留地回答，她顧慮到雙親，同時繼續當女警的自信也動搖了。右肩的傷口雖然會痊癒，鈴木眞壽美的軀體卻烙印在眼底，永遠不會消失。

她在病房裡讀了好幾次「射殺犯人」的新聞報導，眞壽美果然是個警察迷，除了養父的援助之外，她還打工設計塡字遊戲，把這些錢存起來，向黑市購買相關警用物品。報上刊登了收押品整齊羅列的大幅照片：手槍、實彈、警察手冊、黑手銬、警笛、皮帶、手銬收納套、特殊警棍、警棍吊鉤。

每當重讀報導，瑞穗的心情就為之崩潰，她不但無法逮捕犯人，還讓對方死了，她覺得懊悔不已。箕田一次也沒來過病房，這件事令她掛心。他射殺了犯人。雖說是為了救助女警同事，但是親手奪去一條人命，他的內心受到了多大的傷害？

在瑞穗出院的三天前，監察課再度對她進行偵訊，這時瑞穗已經轉到普通病房，因此拜託院方借用醫師開會的小房間。

「今天我們要問妳更詳細的情形。」

海老澤監察官嚴肅地說道。

執行正當的職務……，瑞穗也瞭解這完全是對外的官方說法，對於內部可不是用一句話就能帶過。

「不過，妳還眞是我們縣警的麻煩製造者呢。」

他指的是過去的事。瑞穗引起的失蹤騷動……。搶案演習的情報外洩嫌疑……。銀絲邊眼鏡下的眼神比以前更冰冷了。

「首先是無視班長的指令這一點，爲什麼抗命前往東地區？」

瑞穗的臉繃緊了。

「那是……因爲判斷犯人在東地區的可能性較高。」

「是箕田提議的嗎？」

「不……」

瑞穗含糊其詞。

「我們倆說著說著……得到這樣的結論……」

海老澤盯著瑞穗的眼睛。

「身爲一名警察，妳果然還是不適任。」

「咦？」

「箕田說是他決定搜索東地區的。」

瑞穗垂下了頭。

「我瞭解妳的心情。托箕田的福，妳撿回了一條命。但是不許做出包庇他的舉動，我們想知道事實。」

瑞穗抬頭急急地說道：「但是，我附和箕田主任的提案，照自己的意思開車，我也有罪。」

「確實如此。」

海老澤點點頭。

「那麼，下一個問題。發現犯人的公寓時，妳爲什麼不呼叫支援？」

與箕田的對話縈繞在耳畔。

「你呼叫支援了嗎！」「混帳，這是我追到的獵物！」

如果照實說，箕田或許會被解職，瑞穗感覺被逼到絕境，無法開口。箕田這個人只是沒口德，他的本意一定不是如此。事實上，他不就把瑞穗從最大的危機中拯救出來嗎？

「我的腦袋一片空白，完全沒想到要呼叫支援。」

「在廢車棄置場聽到聲響時也是嗎？」

「是的，因爲我太專注了……」

銀絲邊眼鏡反射出光線。

「妳想要搶功嗎？」

「或許是有一點那種心情……」

瑞穗自虐地回答。

「妳掏槍戒備，但是安全橡皮還在上面，結果被鈴木眞壽美奪去了主導權……是吧？」

「是的。」

「妳拿下安全橡皮的那一瞬間，鈴木開槍，妳中彈了。」

「是的，沒錯。」

「鈴木陷入恐慌狀態，似乎即將再度開槍。」

「沒有錯。」

海老澤停了一拍。

「接下來是關於箕田的事，照妳看到的老實回答。」

「是……」

「開槍之前，箕田曾對鈴木發出警告嗎？」

警告……，瑞穗停止眨眼。

海老澤探出身子。

「『我要開槍了。』箕田在開槍之前這樣說了嗎？還是什麼也沒說，就突然開槍？哪一個？」

「這……」

瑞穗的眼神在空中游移，她不記得聽到了警告。但是，中彈的瑞穗身心都處在反常狀態，事實上箕田曾提出了警告，或許是這樣。

不……。那種情況沒有必要警告，因爲「手槍警棍使用•處理規範」已經重新修訂了。警察在遭遇生命危險的情況下可以毫不猶豫地使用槍械。受到持有凶器的犯人襲擊、或是犯人欲射擊被害者等緊急狀況中，警察可以不經預告就開槍。

眞壽美就要對瑞穗開槍，這是緊急狀況，但是……

瑞穗窺探海老澤的眼神，有時候規則也只是一種場面話。沒有警告就開槍。一旦被這麼認定的話，箕田的人事考核很有可能被批上紅字。

「怎麼樣？回答我。」

海老澤的臉色非常凝重。

瑞穗開口了：「我不記得了。」

海老澤凝視著瑞穗的眼睛好一陣子。

「好吧。」

海老澤開始收拾文件。

「以後恐怕還有一些問題得找妳。」

「請問……」

瑞穗小聲問道。

「箕田主任怎麼了？」

海老澤一臉意外。

「後來你們沒見面嗎？」

「嗯……」

「箕田現在沒有時間探病，他忙著準備葬禮。」

「咦？是哪位……」

「前天，和他同期的同事上吊自殺了。」

瑞穗嚇了一跳。

「是總部警務課裝備組，一個姓土田的主任。妳認識嗎？」

土田……。瑞穗知道他的名字和長相。他一臉蒼白，看起來很神經質，身材瘦削。

「爲什麼會自殺……」

瑞穗一問，海老澤伴隨著粗重的嘆息聲說道：「就是因爲不知道才傷腦筋。」

「不知道？」

「不准說出去，這件事並未對外公佈。」

說完之後，海老澤離開了小房間。

瑞穗回到普通病房。

母親一臉擔心地等著她。

瑞穗心不在焉，就算有人問話，她也是漫不經心的回應。到了傍晚，七尾來訪，兩人的對話也一樣不盡興。

腦袋裡一片混亂。

晚上睡不著。

瑞穗的腦海裡有一道謎。

是鈴木眞壽美擅長的塡字遊戲。直的關鍵字……。橫的關鍵字……。瑞穗就是有一種感覺，覺得自己知道很多線索。

關鍵字是什麼？

然後，字句交錯處的答案是……

十六

出院的前一天。

瑞穗搭乘計程車前往縣警總部。

隨著靈機一動，她跑出病房，母親企圖制止卻被甩開了。她知道了，她發現塡字遊戲的答案了。

關鍵字是眞壽美說的話。當眞壽美從廢車堆的陰暗處出現時，這麼說道：「我就覺得奇怪，怎麼像條狗似地喘個不停。」

那時候，瑞穗確實氣喘吁吁。她的呼吸聲被眞壽美聽見，她的舉動也被察覺了。但是……

瑞穗卻完全沒有聽到眞壽美的喘息聲。

眞壽美應該也跑過了。她在東地區中心部的十字路口被箕田發現，盡全力逃回了公寓。她不擅長運動，也沒有運動方面的經驗，然而卻沒有氣喘如牛，一副平靜的樣子。

爲什麼？答案很簡單。眞壽美根本沒有跑。那麼，她是騎著機車或腳踏車行經十字路口的嗎？

也不對。

十字路口電線桿上的路燈就快熄滅了，距離十五公尺遠，卻依然聽得見路燈發出斷斷續續的刺耳聲響，四周非常安靜，就算是騎腳踏車，瑞穗也不可能沒聽見她騎車經過的聲音。

總而言之，眞壽美當時並沒有經過那個十字路口。然而，箕田卻向前狂奔，一副好像目擊到眞壽美的樣子……

計程車滑進縣警總部前。

瑞穗小跑步爬上樓梯，右肩的傷口痛了起來。位在五樓的搜查一課好遙遠。瑞穗用右手緊緊抱住自己的身體，固定好右肩，以左手抓著扶手爬上樓梯。

箕田一開始就知道眞壽美住的公寓。如果這麼想，所有的謎團都解開了。無視班長的指示進入東地區、不呼叫支援、眞壽美的呼吸規律……，這些都是。眞壽美一直待在公寓裡的房間，因爲門快被踹破了，才從窗戶逃走。

還有另一個重要的關鍵字是「消失的制服」。

瑞穗在眞壽美的公寓看到的景象——暖爐矮桌上擺著警察手冊、黑手銬、警笛與臂章；牆壁和榻榻米上則掛放著制服、警帽、皮帶、手銬收納套、特殊警棍與警棒吊鉤。

然而，在警方公佈的收押品照片中，卻沒有制服、警帽及臂章這三樣東西。瑞穗待過宣導室所以瞭解，警方向媒體提供這一類照片時，總是將之視爲「戰利品」似地，把所有的收押品排好再拍攝。更何況警方在這次的案件中射殺了犯人，爲了將一般市民的反感及責難壓抑到最小，會產生強調犯人的凶惡面與異常性的心理作用。「犯人收集了這麼多警用品」、「有假警察混入市民之中」。想利用照片表達這種意念的警方，不可能會漏掉制服和警帽這種「大獵物」。

從這裡導出的結論只有一個。

制服、警帽與臂章這三樣東西並沒有被收押。箕田從眞壽美的房間裡拿走，並將之丟棄了，趁著瑞穗和眞壽美在廢車棄置場舉槍對峙的時候。

最後的關鍵字，不用說就是「警務課裝備組」。自殺的土田主任利用職務之便，可能在交換新品時並沒有將回收的警用品廢棄，私下轉售給黑市。當然，與土田同期的箕田也同流合污。從土田自殺的這個結果來看，或許是受到箕田施壓所造成的。不管怎麼說，物以類聚，箕田和土田，其中一方與眞壽美這個收集狂見過面。制服、警帽和臂章這三樣東西是「直接交易」。正因爲如此，箕田才有必要殺害眞壽美，取回那三樣東西。

五樓，刑事部搜查第一課……

瑞穗用左手推開黑色大門，房間裡空蕩蕩的，在強行犯四組的辦公區內只有殿木班長一個人。他把腳抬到桌面上，正在沉思，不知道是否因爲光線，臉頰上的刀疤看起來比平常更加深，而且充滿了悲哀。

瑞穗一出聲，那雙令人聯想到老鷹的銳利眼神便動了起來，轉向瑞穗的一瞬間又變得溫和。

「喲，歸隊了嗎？」

「是明天……請問，箕田主任在哪裡？」

殿木瞇起眼睛看著瑞穗。

「從昨晚起又關進了L署。」

這句話令人想到行話。

「我知道了。」

瑞穗轉身，往門口走去。聲音從她背後傳來。

「不用槍嗎？」

瑞穗回頭，行話就用行話回答。

「我帶了。」

她招來計程車，離開縣警總部。前往L署有五分鐘的車程。

胸口因爲憤怒幾乎要氣炸了。

靠著瑞穗畫的嫌犯素描，眞壽美的身份被查出來了，箕田一定慌了手腳。如果眞壽美被捕，自己的不法行爲將會曝光，所以他想出了一齣僞裝成正當防衛的殺人計畫——進入東地區後全速奔跑，甩掉瑞穗，然後衝進公寓裡，射殺眞壽美。接下來只要像美國電影那樣，把NEW NAMBU M60塞進眞壽美的手裡，就大功告成了。「犯人舉槍對準了我，所以我毫不猶豫地開了槍」，他想要濫用放寬限制的「手槍警棍使用•處理規範」。

然而眞壽美從窗戶逃走了，以致計畫發生了一些誤差。但是，結果卻遠遠超過了原來的設想，爲了拯救搭檔女警的性命而開槍，箕田竟獲得了這麼完美的情勢，而且那名女警也成了證明箕田開槍正當性的「活證人」。

L署亂成一團。

署員的眼睛佈滿了血絲。警署外面擠滿了電視台的轉播車。

「啊，請問一下……」

瑞穗在警署一樓大廳抓住一名年輕巡查。他的制服和皮鞋新穎得發亮，一定是剛畢業被派到此地的新任警察。

「我是搜查一課的平野。」

瑞穗報上名字，巡查便英挺地敬了個禮。

「辛苦了！」

「發生了什麼事？」

「是！現在四樓會議室正要召開記者會，關於警察制服私售案，一名一課的刑警被逮捕了。」

殿木班長的話在耳畔迴響著。

從昨晚起又關進了L署……

謝謝！瑞穗無力地說道，離開警署。

是搜查一課的功勞嗎？還是落入了監察課的手裡？不管怎麼樣，土田主任的自殺，對箕田而言一定也是致命的一擊。

到馬路上招計程車吧，瑞穗走出警署牆外，卻停下了腳步。

她待過宣導室所以瞭解，當警方不希望嫌犯被媒體拍到照片或影像時，會趁著召開記者會的途中偷偷把嫌犯押送至地檢署……

瑞穗穿越警署廳舍旁，繞到後面的職員停車場。

她的直覺精準得令人害怕。

箕田雙手銬著手銬，正從署廳舍外梯走下來。他的兩側被兩個體格壯碩的守衛緊抓著。

眞是令人心酸的情景。

瑞穗跨步走過去，擋在前往灰色押送車的三人面前，箕田那張疲憊的臉孔浮現出下流的笑容。

「喲，搭檔。」

兩人停下腳步，彼此凝視。

「我之前也這麼想。」

瑞穗開口。

「雖然你嘴裡辱罵女警，卻還是把我當成搭檔，當時也因爲我是你的同伴，所以才救我一命……我一直這麼以爲。」

箕田哼笑。

瑞穗走到箕田的正前方。

她舉起右手。

把槍按在箕田的胸口上，正確地按在心臟上方。

箕田的身體一震，全身僵直，兩旁的守衛也是。

那是手指槍。

瑞穗的食指，纖細白皙的指尖，陷進箕田的衣服裡。

「哈……哈哈……妳別鬧了……」

箕田的表情沒有笑。

瑞穗在指尖上使力。

「這裡也有呢……。人的心也有槍口……」

箕田的臉頰繃緊，突然急速跳動的心跳傳至瑞穗的指尖。

「再見。」

瑞穗扣下扳機。

箕田的腳往後踉蹌了一步。

瑞穗轉身，用右臂緊抱住自己的身體，若不這麼做，便無法止住肩膀的痙攣。

瑞穗跨步向前走去。

去尋找一個放鬆的場所。

那是因爲，她已經不想用眼淚平息內心的傷痛了。

尾聲

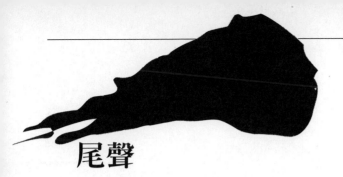

三月三十一日……

D縣警總部本廳舍，板垣泰造慢吞吞地從一樓的後門口走出來。

正面玄關傳來熱鬧的音樂，那是縣警樂隊演奏的進行曲，所有的職員全部出列，舉行歡送退休警官的典禮。

板垣也將在這一天離開縣警，但是他的情況與其他退休者略有不同，他距離退休年齡還有四年，算是提早退職。由於守著山村田地的老父親過世了，板垣有了想要繼承父業的想法。他做了三十六年的刑警，上級慰留他，希望他接下來當個專門官，從事悠閒的內勤工作，但這倒成了他辭職的直接契機。

他毫無遺憾。嗯，以後就可以盡情享受釣香魚的樂趣了……

「啊，找到啦找到啦！」

聽到聲音回頭，一名制服女警跑了過來。

是平野瑞穗巡查。

「喲，怎麼啦？」

「什麼怎麼啦，板垣先生，你怎麼可以從典禮上開溜？我一直在找你耶！」

「哦，因爲我是做到一半就不幹的啊。」

「沒那回事！」

瑞穗生氣地說道。「來！」她遞出一只大紙袋。

「什麼？」

「呵呵，打開看看。」

是一張素描。露出靦腆笑容的板垣的素描，鑲在畫框裡。

「嘿，什麼時候畫的？」

「我靠記憶畫的，你忘了嗎？這是我的專長呀！」

板垣珍惜地把它裝回紙袋。

「我會用它來代替遺照。」

「又來了！」

「啊，這麼說來，我看到調動名簿了。妳不是可以回到鑑識課嗎？」

「是啊！」

「肩膀已經不要緊了嗎？」

「啊，嗯，已經沒事了。」

瑞穗微笑，做出大力水手舉臂的姿勢。

她看起來像是在強顏歡笑。

板垣凝視著瑞穗的眼睛。

他想說幾句鼓勵的話。剛才總部長在最後的訓示中說得不錯。朝你們的第一個人生旅途邁出……

就在他尋思的時候，瑞穗恢復了一臉嚴肅，挺直背脊。

敬禮！

「這段時間，眞的辛苦您了！請保重身體！」

站在他眼前的是如此耀眼的一名女警。

板垣胸口一熱，一時為之語塞。

等到瑞穗的背影逐漸遠去之後，他才找到了送別的話。

板垣在口中呢喃。

宛如幼香魚般的女警平野瑞穗，祝福妳前程萬里！

JASRAC 出0503263—501

（本作品純屬虛構，與實際個人、團體等並無任何關聯。）

解說

「話」筆下的社會衆生相

景翔

像我一樣除了推理小說之外，對內容涉及推理的影視戲劇作品也不放過的推理迷，看到本書的書名《顏》時，如果沒有馬上聯想到一部同名的日劇影集，至少也會有似曾相識的感覺。而只要開始看第一章「狩獵魔女」裡提到女主角平野瑞穗之前在鑑識課擔任繪製嫌犯素描的工作，應該就會確定由現在已成爲一線女星的仲間由紀惠當年所主演的那齣日劇，就是根據橫山秀夫這部短篇連作所改編的。

當然，搬上螢光幕的電視劇因爲劇幅較大，又要迎合市場需要，因而添加了不少枝節，也另外安插了原作中沒有的浪漫愛情，看來比形貌樸質的原著更爲多彩多姿，卻不免淡化了原作者橫山秀夫苦心提出討論的若干議題。好在書中的推理和對人性的刻劃，依然得到完整保留，所以劇集和原著同中有異，還是可說各擅勝場。

「日本推理名家傑作選」已經譯介過橫山秀夫的作品《半自白》，比較起來，《顏》更爲明顯地屬於推理小說中的「警察小說」。書中不但有警察辦案的詳細描寫，也提出了警界的相關議題。尤其是作者雖用了全知觀點，但偏重於女主角平野瑞穗的立場，並且深入她的內心，因此對各種議題從外在到內裡，可以有更深一層的探討，甚至以切身的經驗來強化主觀的看法，在批判或意見表達上更具說服力。

採用同一主角的連作形式，橫山秀夫很巧妙地安排了平野瑞穗因爲不同的原因和機緣先後到縣警總部的幾個不同單位任職，從而提出和那個特定單位相關的問題加以描述和討論。非常自然地讓難有機會對警察生活一窺堂奧的讀者增加了對警察世界的認識。

連作形式的另一個優點是同一事件在不同時空中重新提起或溯及，除了當事人可能有不一樣的感想或反應之外，也有和新事件之間產生類比或刺激的作用，不但有主題與變奏的趣味，也讓事件的發展和轉折更爲順理成章或是充滿意外。在議題的探索和討論上，視情況的不同而產生佐證或反證的效果。

《顏》裡最主要的一個議題，大概就是職場上的性別歧視問題。在兩性平權的今日，絕大多數的行業應該已經沒有什麼這方面的麻煩，但側重於體力的職業，終究還是不可能做到兩性完全平等的地步，不過這類情形大多是因爲男女天生就有差別，不見得是歧視心理使然。就像女權主義者指責古人禁止女性進入工地、礦坑、軍營或登上非用作客運的舟船等，是對女性的嚴重歧視，若是從另外一個角度去看，俗話說「行船走馬三分險」，工地、礦坑、戰場等等都是更加危險的所在，托辭女性不潔的說法的確難以讓人接受，但眞正的用心或許也有基於對女性加以保護的可能吧。

不過無可諱言的，在軍人和警察這兩種傳統上一直是屬於男性的職業中，大體而言，女性從業人員確實還是沒有辦法取得完全平等的地位，像《顏》裡所描述的歧視現象更是所在多有，橫山秀夫毫不矯飾地加以暴露，刻畫出某些偏見的嘴臉，卻也安排了一些懂得彼此尊重，或至少只問專業而不問性別的同僚，而在強調女性從事警政工作應有的平等待遇之外，也指出了女警必然的限制和可以發揮的特性，可說是相當地公正。

至於警方為了破案，是否可以不擇手段，女警從稱謂、工作性質、與大環境的協調等基本職場問題，到牽涉既廣，爭議也多的用槍問題等等議題，也都在曲折而引人入勝的情節中以不同方式呈現，雖未必都有結論，卻能讓有心人正視。

《顏》雖然是一本警察小說，在推理方面卻同樣精采。儘管橫山秀夫不像「本格派」作家那樣設計出難解的謎團或充滿機關消息的詭計佈局，但是各種極其接近生活，又出於人性的推理，反而更容易令人信服。

由於是短篇連作，每一章的篇幅並不很大，但都有需要解決的問題。這些問題也許並不特別驚人（比方說，內部洩密），甚至即使有暴力或死亡，卻都既不特別血腥，也多半不是解謎推理的重點，但在追索這個問題的答案過程中，又會引發出大大小小的其他問題，所以每一個短篇中，都有好幾重的推理，小到只是細心觀察而得到結論，大到多方調查才確定眞僞，都不只是單一問題的索解，而是有許多的穿插與變化，而這些看似枝節或題外的插話，其實又對主要問題的求解有相當大的關係或影響，並不僅是增添內容使其看來更加豐富而已。

一般的「警察小說」大多著重在「科學辦案」，警方人員必須四處蒐集各種實際的證言和證物，《顏》既是這一類型的作品，自然也少不了在這方面的細節描述。但橫山秀夫更擅長於處理細膩的感情，《顏》裡以女警為主角。在個性設定上又是一個性好藝術而相當敏感的人，因此在處事和待人等方面，都有女性溫柔細緻的一面，也就隨之產生了很多讓人感動的情節。所以儘管書中沒有什麼男女私情，但在其他的情感描述上，卻是隨時都給人十分飽滿的感覺，這也是橫山秀夫這本短篇連作集中的一大優點。

《顏》的女主角平野瑞穗畫了很多張素描，透過她的畫筆，呈現出各式各樣的相貌，而橫山秀夫也在《顏》裡用文字描繪出社會的眾生相。正和眞實人生中一樣，這些人的喜怒哀樂各不相同，但也許會有讀者和我一樣，在這本書裡始終能感覺到的是「溫暖」。

（本文作者爲翻譯及文字工作者）

國家圖書館出版品預行編目資料

顏／橫山秀夫◎著/王華懋◎譯； --.初版.
- 臺北市；商周出版：
家庭傳媒城邦分公司發行, 2005〔民94〕
面 ； 公分. --
(日本推理名家傑作選： 06)
譯自：颜FACE
ISBN 978-986-6954-13-9

861.57 95015714

Original Japanese edition published by TOKUMA SHOTEN PUBLISHING CO.,LTD., Tokyo
Complex Chinese translation rights arranged by TOKUMA SHOTEN PUBLISHING CO.,LTD.
through THE SAKAI AGENCY CO., Tokyo

ISBN 986-6954-13-7
ISBN 978-986-6954-13-9
（台灣中文版爲日本德間書店正式授權作品）

日本推理名家傑作選 06 **顏**

原著書名／颜FACE
原出版社／株式会社德間書店
作者／橫山秀夫
翻譯／王華懋
責任編輯／王曉瑩
發行人／涂玉雲
總經理／陳蕙慧
出版／獨步文化
城邦文化事業股份有限公司
台北市中正區信義路二段213號11樓
電話：(02) 2356-0933 傳眞：(02) 2327-9210
E-mail ： bwp.service@cite.com.tw
發行／英屬蓋曼群島商家庭傳媒股份有限公司
城邦分公司
台北市中山區民生東路二段141號2樓
讀者服務專線： 2500-7718 、 2500-7719
24小時傳眞服務： 2500-1990 、 2500-1991
讀者服務信箱 E-mail ： service@readingclub.com.tw
劃撥帳號： 19863813
戶名：書虫股份有限公司
香港發行所／城邦（香港）出版集團有限公司
香港灣仔軒尼詩道235號3樓
電話： 25086231 傳眞： 25789337
馬新發行所／城邦（馬新）出版集團
Cite (M) Sdn. Bhd. (458372 U)
11,Jalan 30D/146, Desa Tasik,Sungai Besi,
57000 Kuala Lumpur, Malaysia
電話： 603-9056 3833 傳眞： 603-9056 2833
E-mail ： citecite@streamyx.com

美術設計／張士勇
印刷／中原造像股份有限公司
排版／浩瀚電腦排版股份有限公司
總經銷／大和書報圖書股份有限公司
電話：(02)8990-2588 ； 8990-2568
傳眞：(02)2290-1658 ； 2290-1628
□2005年（民94）10月初版
□2006年（民95）9月18日初版4刷
定價／260元 Printed in Taiwan

獨步文化
APEX PRESS

廣	告	回	函
北區郵政管理登記證			
台北廣字第000791號			
郵資已付，免貼郵票			

104台北市民生東路二段 141 號 2 樓

英屬蓋曼群島商家庭傳媒股份有限公司　城邦分公司

請沿虛線對摺，謝謝！

獨步文化
APEX PRESS

書號：1UC017X	**書名**：顏	**編碼**：

獨步文化 APEX PRESS

讀者回函卡

謝謝您購買我們出版的書籍！請費心填寫此回函卡，我們將不定期寄上城邦集團最新的出版訊息。

姓名：________________________ 性別：□男 □女

生日：西元________年________月________日

地址：________________________________

聯絡電話：________________ 傳真：________________

E-mail：________________________________

學歷：□1.小學 □2.國中 □3.高中 □4.大專 □5.研究所以上

職業：□1.學生 □2.軍公教 □3.服務 □4.金融 □5.製造 □6.資訊

□7.傳播 □8.自由業 □9.農漁牧 □10.家管 □11.退休

□12.其他________________________

您從何種方式得知本書消息？

□1.書店 □2.網路 □3.報紙 □4.雜誌 □5.廣播 □6.電視

□7.親友推薦 □8.其他________________

您通常以何種方式購書？

□1.書店 □2.網路 □3.傳真訂購 □4.郵局劃撥 □5.其他________

您喜歡閱讀哪些類別的書籍？

□1.財經商業 □2.自然科學 □3.歷史 □4.法律 □5.文學

□6.休閒旅遊 □7.小說 □8.人物傳記 □9.生活、勵志 □10.其他

對我們的建議：________________________________

____

____

____